JN070019

殺意と絆の三ツ峠

聖　岳郎

目次

三ツ峠山

三ツ峠山から見る富士山。その姿の雄大さ、美しさは言葉で表すのは難しい。雪をまとった富士は秀麗と言う言葉が相応(ふさわ)しいのだろうか、雪のない季節の四か月の間は、壮大という言葉が相応しいのか、とにかく、ここ三ツ峠山から見る富士は絶景だ。

三ツ峠駅から登ることおよそ四時間、三十代後半の年齢と思われるその男は、三ツ峠山から望む富士山を無言で眺めていた。

三ツ峠山は山梨県南東部、都留(つる)市、西桂町、富士河口湖町の境界にあって、峠とは言っても峠ではなく、開運山、御巣鷹山、木無山の三つの山の総称で、開運山の標高一七八五メートルを最高峰とする山として、日本二百名山にも選定されている。富士急行鉄道大月線三ツ峠駅からのルートは標高差一二００メートル余りと大きいが、達磨石(だるまいし)、八十八大師等の修験道の歴史を感じさせ、ロッククライミングで有名な屏風岩の直下を通過するコースである。その男はそのコースを登ってきた。

好天に恵まれた、九月に入ったウィークデイは、ここまでハイカーに会うことはなかった。男は絶景を眺めながら「見事だな。羨ましい」と呟(つぶや)いた。その時「こんにちは」という声が、男の背中にかけられた。

「惚れ惚れする景色ですね。私は、この山は二度目なのですが、この景色を見たらまた来たくなりますね」年齢が四十代と思われる男は、親しげに話しかけた。

「私も二度目です」男は振り返りながら答えた。

ザックを背負っていないその男は、開運山のピストン、つまり山頂の往復の帰りのようだった。

「泊りですか」男は、腕時計に目をやりながら聞いた。時刻は午後四時を回っていた。

「ええ、三ツ峠山荘に泊まる予定です」

「私も三ツ峠山荘です。一緒ですね、ということは今日の山荘泊りは私とあなたの二人だけのようです」

「ああ、そうなんですか」

「私、空木(うつぎ)と申します。中央アルプスの空木岳(うつぎだけ)のうつぎです。宜しくお願いします」空木はそう言って小さく頭を下げた。

「森重(もりしげ)と言います。こちらこそ宜しくお願いします」森重も小さく頭を下げた。

二人はしばらく絶景を眺めた後、森重はザックを背負い空身（からみ）の空木（うつぎ）とともに山荘へ歩いた。

三ツ峠には、三ツ峠山荘と四季楽園という二つの宿泊施設がある。以前は、もう一軒富士見山荘という宿があったが、数年前に廃業した。

二人が泊まる三ツ峠山荘は、親子二人で営業していた。父親の方は六十代半ばだが、見た目は何歳か若い。山荘の脇には、麓と山荘を行き来するのに使うと思われる大型の四輪駆動車があり、その周囲には甲斐犬の親子三頭が飼われていた。山荘の主人曰く「うちの甲斐犬は人慣れしているから、飼い主以外が近付いても大丈夫だ」というように、宿泊者には吠えたてることもなく、撫でることもできた。宿泊者とそうでない登山者と区別がつくようだ。

主人は、すでに宿泊手続きを済ませていた空木と、今しがた記帳を済ませた森重に「夕飯は七時から、風呂は六時から入れるが、二人一緒に入ってくれると助かるのだが。燃料の節約に協力してくれるとありがたいが…」と言って二人を見た。

空木は「私は構わないですよ」と言って上がり框（がまち）に座っている森重を見た。

森重は小さく頷きながら「私も構いません」と言った。

風呂は客室のある母屋の横の、別の小屋にあった。雨水を利用した循環風呂システムでその浴槽の大きさは二メートル四方の大きさがあり、大人二人がゆったり浸かることが出来た。

息子に案内された二人は、言われた通り、浴槽に浸かる前に体を洗って、湯船にどっぷりと浸かった。

「森重さんでしたね」

「はい」

「会社をお休みして来られたんですか」

「はい、今日と明日の二日間の休みを取って来ました。空木(うつぎ)さんも休みを取られたのですか」

「いやー、私は毎日が休みと言うか、自由になる時間が多い仕事なので、いつでも来ようと思ったら来ることが出来る身なんですよ」

「そうなんですか。羨ましいです。失礼ですが、空木さんはどんなお仕事なのですか」

「どんな仕事?ですか」

「いえ、無理にお話しいただかなくても結構です」

「いえいえ、そんな事はありませんよ。仕事は調査請負業、つまり探偵業です。私立探偵をやっています」

「え、探偵ですか。もうかなり長くされているのですか、その仕事」

「長くはありません。まだ三年弱です。こう見えても以前はＭＲ（メディカル　レプレゼンタティブ：医薬情報担当者）だったんです。ＭＲと言ってもわかりませんよね」

空木(うつぎ)健介、四十四歳。三年前にＭＲとして勤務していた製薬会社を辞め、探偵業を始めた。空木という漢字からネーミングした「スカイツリー万(よろず)相談探偵事務所」を自宅マンションに開設し、所長と言う肩書を持つ身だ。所長とは言っても実際は、事務員兼調査員兼所長で、一人ですべてを熟(こな)さなければならない零細事務所だ。今までの仕事と言えば、行方不明になったペットの猫探しやら、浮気の調査やら、高齢者の病院通いの付き添いなどが主だった仕事だが、どういう訳か殺人事件に絡む調査も、過去に請け負ったこともある。好きな山登りと下山後の一杯を楽しみに、のんびり自由気ままにしているが、実態は年金生活に入っている親のスネをかじる、プー太郎のような存在だ。

「空木さんはMRだったんですか」森重は驚いたように空木を見た。そして続けて言った。

「私もある製薬会社で、一年前までMRでした」

「えー、そうなんですか。MRでした、ということは、今は辞められたんですか。私と同様に」空木も驚いたように森重を見た。

「会社は辞めていません。今はMRではなくて、本社の営業本部で仕事をしているんです。辞められれば辞めたい……」そう言うと森重は、湯船の湯をすくい顔に被った。

「私は、経験したことはないのでわかりませんが、本社勤務、本部勤務は辛いと言いますが、会社人生の中では、良い経験になるということも聞きますから、森重さんも頑張ってください」

「空木さんは、どうして会社を辞めたのですか。差支えがなかったら話していただけませんか」

「……それはまあ、組織人間になり切れなかった。頑張り切れなかった。逃げ出したということです」空木は、少し困惑しながらも森重の問いに答えた。

「残るのも、逃げるのも同じように勇気がいりますね」

二人は、同時に湯船の湯をすくい顔に被った。

風呂小屋から出ると、富士山が西日に染まっていた。まるで空木より先に一杯飲んでいるかのような富士山だった。

食事部屋のテーブルに、斜め向かい合わせに座った空木と森重は、缶ビールを飲みながら夕食に手を付けていた。

「森重さんは、この山は二回目だと言っていましたけど、その時も単独で来たんですか」

空木は、缶ビールを手に持ちながら聞いた。

「去年の十月でしたから、ほぼ一年前になります。三人で日帰りの登山でした。河口湖からバスで、三ツ峠登山口のバス停で降りて、登ってきました。一時間半ぐらいでここまで登ってきましたから、今日のコースの登りと比べたら随分楽でした」

森重は、そう言って缶ビールを口に運びながら、一年前の山行を思い出していた。

三ツ峠登山口のバス停で降りた森重は、同行者の二人の男とともに、三ツ峠山に向けて歩き始めた。先頭を歩くのは、三ツ峠山の登山は二度目の菊田章、そして森重を真ん中にして、後は大森安志、三人とも年齢は三十八歳、太陽薬品のＭＲとして同期で入社した仲間だった。

太陽薬品は、年間売り上げ約八百億、ＭＲ数六百名弱の中堅製薬会社として、堅実に成長してきたが、新製品の開発に遅れを取ったことから、株価が低迷し、大手製薬会社からＴＯＢの噂も出ていた。そんな中、中堅製薬会社の中でも比較的大手の部類に入る、ホープ製薬との合併が合意に達し、一年間の準備期間を経て、令和元年十月一日付けで太陽薬品は被吸収会社として、ホープ製薬に吸収合併されることになった。その合併と同時に、名古屋支店から、合併したホープ製薬の東京日本橋の本社の営業本部に、販売企画第二課長として転勤してきたのが、森重だった。その森重を、同期の菊田が、歓迎山行と称して大森とともに三ツ峠山に誘ったのだった。

三人は、ほんの少し黄色に色づき始めた登山道を登り、午前十時過ぎには三ツ峠山荘のある、肩の広場に到着。開運山に登り、ラーメンで昼食を摂った。その時の、上部だけが白く冠雪した富士山は、森重を清々しい気持ちにさせた。愛着ある太陽薬品が消滅する寂しさよりも、合併した新生ホープ製薬での、新たな気持ちの方が勝っていた。下りは、屏風岩の直下を抜けて三ツ峠駅へ下った。

菊田が横浜線に乗り換える八王子駅で途中下車した三人は、駅に近い居酒屋で歓迎会と称して飲んだ。

「新しい会社で三人それぞれ頑張ろう」菊田がビールジョッキを片手に挙げて、乾杯の声を上げた。大森も森重も声を上げた。

「俺はMRだから、合併してもどうということは無いが、大森は所長、森重は本部の課長だ、旧ホープ製薬の連中とのやり取りは、大変なこともありそうだな。二人とも体には気を付けろよ」

菊田の「体に気を付けろよ」の言葉が蘇ったのか、食事をしている森重の目に涙がこぼれた。

空木（うつぎ）は、森重の突然の涙に驚きながらも、気が付いていないかのように「明日はどういう予定ですか」と話を変えた。

「のんびり河口湖方面に下りようと思っています」

「私もゆっくり下りて、日本一腰の強いうどんと言われる吉田うどんでも食べて帰ろうかと思っています。良かったらゆっくりのんびり、一緒に下りますか」

森重は空木（うつぎ）の言葉に、ニコっとしながら「ええ」と言って頷（うなず）いた。

食事を済ませた空木は、八畳程ある部屋を一人で使わせてもらう、二階の一号室に戻り、夜の帳（とばり）を下ろした窓外に出た。標高一七００メートルの夜は、長袖一枚では寒い。夜空には無数の星が煌（きら）めいていた。

「明日も良い天気になりそうだ」空木は呟いた。

二号室の森重も星空を見上げていた。山で星空を眺めるのはいつ以来だろう。名古屋支店に勤務していたころ、支店の仲間と白馬岳（しろうまだけ）に登って、白馬山荘に泊まって眺めて以来だから五年ぶりに見る星空だと思った。

「五年振りか…。きれいだ」そう呟いた森重の目に、また涙が溢れた。

翌朝、空木（うつぎ）は六時に起床した。カーテンを開けた窓外は、ガスが流れ富士山は見えなかったが、上空の空は、流れるガスの上に明るさを増していた。七時の朝食の時間に合わせて一階に下りた。森重はまだ下りて来ていないようだった。

山荘主人の息子が味噌汁を運んできた。

「森重さんと言われる方は、まだ二階から下りてきませんね」空木は、お茶を湯のみに注ぎながら、息子に聞いた。

「あの方でしたら、三十分ぐらい前に下りてきて、少し歩いてくると言って出て行かれましたよ。開運山にでも行かれたのかも知れませんね」

山荘から、開運山頂上までは十五分ぐらいだろう。頂上にしばらくいるとしても、もうしばらくしたら戻ってくるだろうと空木は推測し、朝食を食べ始めた。山小屋で食べる朝食は美味かった。独身の空木は、いつもは食パンとコーヒーの朝食だが、今日は米飯をお替りした。ゆっくり食べたつもりだったが、十五分ほどで食べ終わってしまい、コーヒーを注文した。空木が食べるのが早すぎたせいか、森重はまだ戻ってこなかった。

空木は、コーヒーを手に、煙草を吸いに外に出た。やはり、甲斐犬は山荘の客には吠えることはなかった。

ガスが切れ始め、富士山が少しずつ顔を出し始めた。開運山の山頂も、ガスの切れ間に見え隠れしている。

空木は山荘の部屋に戻り、ザックのパッキングを済ませ、玄関間口に下りたが、森重はまだ戻っていなかった。時間は八時を回っていた。

「ゆっくりしてますね」主人が時計を見上げながら、独り言のように言った。

森重のことを言っているのだろうと空木は思った。

「開運山に私も行ってきます。朝の富士山を、山頂から見ておくのも良いでしょう」空木はそう言って、ザックを玄関口に置き、山靴の紐を締め直した。

ガスはすっかり取れ、三ツ峠山の肩の広場から望む富士山は、昨日と同様に荘厳な山容を見せていた。開運山の山頂もはっきり見えたが、人影はなかった。四季楽園の横を抜け、開運山の山頂に続く、整備された木段を登る。十五分足らずで頂上に着いた。頂上には三ツ峠と彫られた大きな石碑と、山梨百名山と書かれた木柱があり、頂上の周囲は、腰の高さあたりに鎖が張られていた。

空木は、しばらく富士山と、西側に見える御坂(みさか)山地の山並みを眺め、煙草を一服した。森重の姿は頂上にはなかった。

「森重さんはどうしたんだろう」と空木は独り言を言いながら、周囲を囲んだ鎖の内側から、大きく口を開けた崖を覗き込んだ。空木の目に、覗き込んだ崖のはるか下に、青っぽい服を着た人間のようにも見える物が目に入った。

「なんだろう。まさか…」と呟いたが、それが何なのか確認する術(すべ)は、空木にはなかった。空木は、持っていたスマホのカメラを、目一杯のズームにしてその青い物を写真に撮り、急いで山荘に下った。

空木は、森重が山荘を出た時の服装は見ていなかったが、息子が青いウィンドヤッケで出かける森重を見ていた。空木と主人は、大型の双眼鏡を手に開運山山頂に向かった。

「動いてはいないが、人に間違いなさそうだ。落ちたのか…」双眼鏡を覗きながら、主人が小声で言った。

「泊まっていた彼ですか」空木は、二十メートルはあろうかと思われる崖下に、横たわっている人らしき物体を見つめて言った。

「どうか分からないが、青いウィンドヤッケを着ているのは一緒だ。取り敢えず県警の救助隊を呼ぼう。まだ生きているかもわからん、あと五メートル転がっていたら屏風岩を落ちて一巻の終わりだ。あそこで止まったのは奇跡だ」

市川三郷町（いちかわみさと）にある、山梨県警のヘリ基地から、救助ヘリが到着したのは、主人が救助要請してから三十分とかからなかった。ホバリングしているヘリから救助隊員が降下し、さらに隊員はザイルで確保しながら、崖下に横たわる青いウィンドヤッケの人間に近づいて行った。マスクを装着した隊員の一人が、両手で大きく丸印を作った。生存している印だった。

救助ボードに固定され、引き上げられたその人間は、意識は無く、頭部から出血しているようだった。主人と空木（うつぎ）は、救助ボードに近づいて顔を覗き込んだ。その顔は、空木とともに山荘に宿泊していた森重に間違いなかった。

「やはり彼でしたね…。誤って落ちてしまったのですかね」空木は主人の方を見ながら言った。

「恐らくそうだろうが、ここは、昔は熱海の錦ヶ浦と並んで、自殺の名所と言われていた時代もあったぐらいだから、なんともわからんが…」

「自殺ですか…」

空木は、救助ボードを支えて下る隊員たちの後ろを歩きながら、昨日の夕食の場面を、森重が突然涙した場面を思い出していた。もしかしたら、あの涙には、深い思いが込められていたのかも知れない。

肩の広場まで救助ボードを下ろした救助隊が、ヘリの到着を待つ間に、主人は、山荘の二号室に置かれたままになっていた、森重のザックと玄関口に置かれた空木のザックを持ってきた。

「あ、私のザックまで持ってきてもらってすみません」

「空木さん、あんたどうするね」主人は、ザックを空木の前に置きながら言った。

「どうする?」

「都合がつくようなら、この人に付き添ってやってくれまいか」主人は、救助ボードに横たわっている森重を見ながら言った。

「……付き添いですか」

「そう、病院にこの人の家族が到着するまで、付いてやってほしいのだが…。都合が悪かったら、このまま下山してくれていいが」と言いながら、一枚の紙を空木に渡した。それは森重の宿泊申込書のコピーだった。主人は、昨日の夕食時の空木と森重の会話、「一緒に下りますか」の会話を聞いていたのかも知れないと、空木は思った。

救助ヘリが到着し、救助ボードの森重は引き上げられた。空木も隊員たちとともにヘリに乗り込んだ。ヘリの乗務員は山荘の主人に大学病院ではなく、県立総合病院に搬送することを告げた。森重の家族に連絡をした際に、家族がどこへ行ったらいいのか知らせなければならない。

ヘリが山梨県立総合病院のヘリポートに着いたのは午前十一時を過ぎていた。

常連

森重の住所は、山荘の主人から渡された宿泊申込書のコピーによれば東京都杉並区荻窪、年齢は三十八歳だった。

搬送を終えた救助隊員は、救難出動報告書を作成するため、空木(うつぎ)から話を聞いた。三ツ峠山の管轄である河口湖警察署への報告は、事故として報告されるようだ。

山梨県立総合病院の救命救急センターに運ばれた森重は、ＣＴをはじめ、緊急検査をした後に、ＩＣＵに運ばれた。意識は戻っていなかった。担当医師は、付き添いで待機していた空木に、頭部骨折に伴う脳挫傷と脊髄損傷、加えて右の腎臓が損傷している可能性があることを告げ、ここ数日間は危険な状態が続くと言った。さらに、仮に危険な状態を脱し、意識が回復しても、下半身の不随が残る可能性があることを説明した。

時計が午後三時を回った頃、一人の女性がＩＣＵ面会控室に入ってきた。山服姿の空木(うつぎ)を見てゆっくり近づいた。

「空木さんでしょうか」その女性は尋ねた。

「はい、空木です」そう言って空木は椅子から立ち上がった。

「森重の妻の森重由美子と申します。この度は、大変ご迷惑をお掛けして申し訳ありません。それに、ここまで主人に付き添っていただきありがとうございました」と丁寧に挨拶した。

「空木健介と申します。ご主人が思わぬことになってしまって驚かれたと思います」空木は挨拶して改めて頭を下げた。

空木は、控室からインターホンで、森重の妻の到着を、ＩＣＵのナースに告げ、担当医が来るのを待った。担当医を待つ間、妻の由美子に、空木がここに付き添うことになった経緯(いきさつ)を話し、さらに担当医から空木が聞かされた森重の病態を、自分の役目ではないと認識しつつも、由美子のショックを少しでも和らげるつもりで説明した。

しばらくして、控室に来た担当医から直接、森重の病態の説明を聞いた由美子は、担当医がいなくなった後も、じっと壁を見つめていた。

空木は、腕時計に目をやった。時刻は、午後四時になろうとしていた。

空木には、森重を三ツ峠山から搬送する間、ずっと気になっていることがあった。それは、森重の転落が本当に事故だったのだろうか、という事だった。警察は事故の扱いにするのだろうが、あの開運山の頂上の鎖を越えて落ちるということは、誰かに突き落とされるとか、自ら落ちるということも大いに考えられるのではないか、と考えていた。

空木は、一瞬躊躇（ちゅうちょ）したが、「奥さん、こんな時にお尋ねするのはいかがなものかと思うのですが…」躊躇（ためら）いながら口を開いた。

「なんでしょう」

「私は、昨日の夕食の時の、ご主人が突然流された涙が、気になっていました。ご主人が、何か悩まれていたようなことはありませんでしたか」空木は、自身のザックとともに持ってきていた森重のザックに、手を置きながら聞いた。

「主人が涙を流した…、それはどういうことでしょうか。もしかしたら主人は事故ではなく、自殺したのではないかということでしょうか」由美子は戸惑っているようだった。

「……」空木は答えられなかった。聞くべきではなかったかと悔やんだが、思ったら口に出してしまわないと気が済まない、自分の性格に諦めた。

「主人も、悩みはあったと思いますが、自殺するほどの悩みがあったとは思えません。私が、気が付かなかっただけかも知れませんが…。子供たちとも変わらずに接していたように見えました」

「お子さんはどちらに」空木は控室の扉の方に目をやった。

「今日は、主人の実家に預かってもらいました」由美子はそう言うと、ハンカチを口にあてて、また俯いた。

しばらくして由美子が「空木さん、一つ気になることがあります」と話しかけた。

「何ですか」

「主人はホープ製薬という製薬会社に勤めておりますが、今回の登山は一人ではなくて、会社の三人で行くと言っていました。ですから、山荘の方からの連絡で、空木さんと言う方が付き添っていると聞かされた時は、初めてお聞きするお名前でしたから、どなただろうかと思いました。主人が何故一人で行くことにしたのか、気になります」

空木は、退職したとはいえ、製薬会社に勤めていた身であり、現在のホープ製薬が太陽薬品とホープ製薬の合併会社であることは知っていた。

「合併したホープ製薬ですね。三人ですか？その方たちは、奥さんがご存じの方たちですか」

「はい、主人の会社の同期の方たちで、お会いしたことはありませんが、主人から名前は聞いていました」

「そうでしたか。しかし、ご主人は間違いなくお一人でした。同行する予定のお二人は、都合が悪くなったのかも知れませんね」

空木はそう言ったものの、森重との会話の中では、それらしいことは、何一つ聞かれなかったことを思えば、森重は最初から単独で登るつもりだったのではないか、と空木は想像した。だが、今度はそれを口にはしなかった。

空木は、また腕時計に目をやり、立ち上がった。

「申し訳ありません。私は、そろそろ失礼させていただきますが、このご主人のザックは、奥さんにお渡しするしかないので、ここに置いていきます」そう言って控室の隅に、ザックを置き、自分のザックを持った。

「主人の父が、夜には来てくれるので、大丈夫です。そこに置いて行ってください。本当に今日はお世話になり、ありがとうございました」そう言うと由美子は深々と頭を下げた。

「あ、空木さん。すみません、差し支えなかったら、ご住所か電話番号か、連絡先を教えていただけないでしょうか」

由美子はうっかりしていたという風に、控室から出て行こうとしていた空木を呼び止めた。

立ち止まった空木は、ザックの雨蓋の中から「スカイツリー万相談探偵事務所　所長」の名刺を取り出して、由美子に渡した。

「探偵事務所の所長さんですか」由美子は、小さな声で名刺を読んだ。

「事務所と言っても、私一人で全てをやらなければならない零細事務所ですよ。何か、依頼していただける仕事がありそうな時は、声をかけて下さい。あー、ここで仕事の宣伝はないですよね。すみません」

空木は頭を掻き、ザックを担いだ。

由美子は、微笑みながら「そんなことはありません。お仕事をお願いすることもあるかも知れません」名刺を手に言った。

「では、私はこれで失礼させていただきます。ご主人の早い快復をお祈りしています」空木は、別れを告げた。

空木は、病院から甲府駅へ向かうタクシーの中で、森重のことを考えない訳にはいかなかった。仮に命は助かったとしても、担当医師の言う通り下半身に障害が残ったとしたら、仕事は続けられるかもしれないが、家族の負担は大きなものになるだろう。担当医師から、森重の病態を聞かされた直後の由美子は、その事が頭に過って（よぎって）いたのではないだろうか。

とは言え、子供のことを考えたら、森重には、たとえ障害が残ったにしても、元気になって欲しいと空木は祈った。

甲府駅を五時過ぎの特急に乗った空木が、国立の駅に着いたのは六時半に近かった。

空木の探偵事務所兼自宅は、ＪＲ中央線国立駅の北口から、歩いて十分程のところの、国分寺崖線の上に立つ、六階建てのマンションの四階にある。大家の許しを得て、レターボックスに「スカイツリー万相談探偵事務所」と書かれた小さな看板を出している。

国立駅から事務所までには、カレー屋、とんかつ屋、ラーメン屋、居酒屋が並んでいる。空木は、その街の端に近いところにある「平寿司」という、平島という夫婦と男女の従業員一人ずつの計四人でやっている店にちょくちょく行く。ザックを担いでいる今日も「平寿司」の暖簾をくぐるつもりだ。

空木は、この店に来始めて二年近くになるが、常連の中ではまだ日は浅く、いわば新参者だ。「平寿司」はカウンター席、テーブル席、小上がりの席があるが、新型コロナ対策のために席数は半分ほどになっていた。

空木が平寿司の暖簾をくぐると「いらっしゃいませ」の女将の声が元気に響き空木を迎

えた。カウンターには、すでに一人座っていた。

「よお、巌ちゃん来ていたんだ」空木はその客に声をかけた。

空木が、「巌ちゃん」と呼ぶその男は、石山田巌、四十四歳。空木とは国分寺東高校の同級生で、お互いを「巌ちゃん」「健ちゃん」と呼ぶ間柄である。職業は、警視庁奥多摩署に勤務する刑事だ。

「山帰りに、寄るだろうと思ってお待ちしておりました」石山田はそう言って、ビールの入ったグラスを手に挙げた。

「何がお待ちしておりました、だよ。何かあったのか」

空木はザックを入口の脇に置いて、カウンター席に座った。

店員の一人、山形出身の坂井良子がおしぼりとビールを運んできて「お疲れ様でした」と声をかけた。

石山田は立ち上がり「私、十月一日付で奥多摩署から国分寺署に異動を命じられました」と敬礼をしながら言った。

「へー、そうなんだ。家に近くなって良かったじゃないか。家族も喜んでいるでしょ」

「うーん、そうでもないけどな。少し給料がアップするのは喜んでいるよ」

「おー、栄転かよ。それはおめでたいやら、嬉しいやらだな。これで俺のボトルも飲まれずに済みそうだね」空木はそう言いながら、運ばれてきたビールをグラスに注いだ。

「まあまあ健ちゃん、そう言わないで、安月給なんだから」

そう言う石山田の前には、既に空木がキープしている芋焼酎のボトルが置かれていた。

「ところで山はどうだった。天気も良かったようだし、良い山行だったんじゃないのか」

「天気は良かった。富士山も見事だった。だけど、思いもよらない事故があったんだ」

「事故？」

「転落事故なんだ」空木はそう言って、グラスのビールを一気に飲んで「美味い」と唸った。

「富嶽絶景の山で、転落か。それでどうなった、助かったのか」

「山梨の県立総合病院に運ばれたけど、どうなるかわからない。たとえ命は助かったとしても、後遺症が残るかも知れないらしい」

「健ちゃん、その落ちた人と一緒だったのか」

「一緒というか、成り行きから病院まで付き添うことになって、家族が来るのを待って四時ごろまで病院にいたんだ」

「そうだったのか、それはご苦労様だったね」

石山田は、焼酎の水割りを二つ作り、一つを空木の前に置いた。

空木は、鉄火巻きと烏賊刺しを注文して、煙草を吸いに店外に出た。

席に戻った空木は石山田に「巌ちゃん、俺にはあの転落は、事故のようには思えないんだ」言いながら水割りを口にした。

「事故じゃないってことは、誰かに落とされたとか」

「いや、そうじゃなくて、もしかしたら自分から落ちたんじゃないか、と思うんだ」

「遺書らしきものでもあれば、そうかも知れないけど、何か気になることでもあったのか」

「ただ何となくだけど。しかし、遺書のない自殺というのは、無いんだろうか」

「お二人さん、縁起でもないお話をされているようですけど、口をはさんで何ですが、遺書のない自殺もあるんじゃないですか。医者じゃないからわかりませんけど、うつ病の方で、自殺してしまう人全てが、遺書を書いているとは思えませんけどね」

二人の話が耳に入ったのか、平寿司の主人が話の間に入った。

「空木さんも製薬会社におられましたけど、お友達の小谷原（こやはら）さんに聞いてみたらいかがです」主人は空木の注文した、鉄火巻きと烏賊刺しを出しながら、言った。

小谷原(こやはら)幸男、空木(うつぎ)より三歳年上の友人で、空木が北海道で勤務していた時からの付き合いだ。京浜薬品という製薬会社に勤務し、現在、多摩地区の所長として国立に住んでいる。

「小谷原さんですか。近いうちに会えるといいけどね」

「健ちゃんが、連絡して会おうと言えばすぐにでも会えるだろ」

石山田はそう言って、空木の前のゲタに置かれた鉄火巻きを、二個つまんで口に放り込んだ。時刻は八時を回ろうとしていた。

山梨県立総合病院のＩＣＵ面会控室には、森重裕之の妻の由美子と、裕之の父の勇作、そして中学一年生の娘と小学校三年生の息子が、意識の戻らない森重との面会を終え、椅子に座って居た。

「裕之に付き添ってくれた、空木という人が、裕之は自殺したのではないか、と言ったのですか」勇作は、子供たちには聞こえないように、小声で由美子に聞いた。

「はい、はっきり自殺とは言いませんでしたが、裕之さんは何かに悩んでいたのではないか、と聞かれました」由美子も小声で答えた。

「由美子さんには、思い当たることはなかったのですね」

「……」

由美子は、空木には思い当たることはない、と答えたが、義父には「少し気になることがありました」と言った。

そして由美子は、子供たちの方を気にしながら続けた。

「裕之さんは、以前から日曜日の夜とか、明日から仕事という前夜は、口数が少なくなって、自分では「サザエさん症候群」だとか言っていましたが、会社の新型コロナ対策で在宅テレワークが始まって、数か月経ったころから、ジッと考え込んでいる時間が多くなったように感じました。思うように仕事がはかどらないのだろうと思っていましたけど、もしかしたらその頃、何かで悩んでいたのかも知れません。私がもう少し気配りできていれば…」そう言って、唇を噛んで俯いた。

「そうですか、もしかしたらその時期に、何かあったのかも知れませんね」勇作もそう言って、正面の壁を見つめ、考え込んだ。

裕之が名古屋から東京に転勤で戻ってきても、息子と二人きりで飲むことはなかった。というより、それまで息子と二人で食事をしたことすらもなかった。それが、二か月ほど前に、突然、裕之から勇作に「飲みたい」という電話が入ったのだった。寿司屋で飲んだが、妙な緊張感からか、話は弾まなかったが、二人は酔った。勇作は息子と二人で飲むのも、いいものだ、と思ったりした。ただ、弾まない話の中で、勇作の記憶に残っている会話があった。裕之の「MRの方が良かった」という言葉に、勇作は「うまく行くことばかりじゃない、辛抱して頑張れ」と励ました。そういう会話だった。

翌日の土曜日も、森重の意識は戻らず、危険な状態が続いていた。夜通し付き添った由美子は、付き添いを義父の勇作に任せ、一旦、二人の子供と一緒に東京の家に戻った。

午前中、トレーニングジムで汗を流した空木（うつぎ）は、気になっていることを相談したいと思い、友人の小谷原に連絡を入れ、今夜「平寿司」で会うことにした。

空木が平寿司の暖簾をくぐった時には、小谷原はカウンターに座っていた。

「お先に飲ませていただいていましたよ」

小谷原は、ビールの入ったグラスを挙げた。

「お待たせしてしまいましたか、すみません」

「いえ、来てから五分も経っていませんよ。それより、私に聞きたいことがあると言っていましたが、どんなことですか」小谷原は、お通しの肴をつまみながら聞いた。

空木は、ビールを一気に飲み干した後、三ツ峠山で遭遇した転落事故のあらましを、小谷原に説明した。

「空木さんは、事故ではなく、自殺の可能性があるのではないか、と思っている訳ですか」

「私の思い過ごしかも知れないのですが、前日の山荘での夕食の時の、彼の突然の涙が気になって仕方がないんです。彼はもしかしたら、うつ病を患っていたのではないかと」

空木は、鉄火巻きを口に運び、ビールを飲み干し、焼酎の水割りセットを頼んだ。

「それで、小谷原さんの会社は、抗うつ剤を扱っている関係上、その辺りの話を聞けるかな、と思って連絡したんです」

空木は、運ばれてきた焼酎で水割りを作り、口をつけた。

「私は、心療内科の医者ではないので、「うつ」の病態を詳しく知っているわけではないですから、空木さんの期待には、応えられないと思いますけど、抗うつ剤を扱うMRとして一般論で話せば、遺書のない自殺はかなりたくさんあると思いますよ。遺書を残す、覚悟の自殺もありますが、突然の飛び込みなどは遺書のない自殺でしょう。「うつ」の人は、躁鬱（そううつ）の躁状態の後が危ないとも言います。私も、空木さん同様に山登りが趣味ですが、山頂にやっとの思いで登った後に、素晴らしい眺望に出合ったりしたら気持ちが高揚しますよね。あれは、躁状態の一種かも知れません」

小谷原は冷酒を注文し、穴子とキュウリを海苔で包む、穴キュウを口に入れた。

「なるほど、確かに登り切った時は、誰とはなく話しかけたりしますね。三ツ峠山でも、彼は、事故の前日は私とよく話していましたね」空木（うつぎ）はそう言うと水割りを飲んだ。

「それと、「うつ」の症状では、突然の感情の高ぶりもあるようですし、理由はわかりませんけど、突然の涙というのも、「うつ」の症状の一つと言えるかも知れません」

小谷原の話を聞いた空木は、腕を組んで中空に目をやった。空木は、自分の想像が現実だとしたら、入院している森重が、身体の快復はしたとしても、心の問題は残るのだろうと思った。山で話した時の森重を思い出すと、何故か切ない思いが込み上げてきた。

空木と小谷原は、その後、北海道時代の仕事、山の話、ｗｉｔｈコロナの時代のＭＲの仕事はどうなっていくのか、結論の出ない話でアルコールのメーターは上がっていった。

空木は、従業員の一人、フレンチを修業してきたという、主人の甥っ子である平沼勝利の作るパスタを、締めに注文した。

空木は食べながら「週末の夜の、勝(かつ)ちゃんのパスタは特別美味い」と訳の分からない独り言を言った。

悔恨(かいこん)

森重裕之は、危険な状態から脱したものの、入院から一週間経過しても、まだ意識は戻らないまま、ＩＣＵから個室へ移されていた。付き添いは、妻の由美子と、父の勇作が交代で看ていた。杉並の家の子供たちの世話は、仙台から由美子の母が来て、みてくれていた。今日、木曜日は、由美子が杉並の家に戻るため、勇作が病院に来ていた。

勇作は、この一週間、頭からずっと離れないでいることがあった。それは、息子の裕之が、自分に出していた心の悩みのサインに気づいてやれなかったことだ。気づくどころか、心の悩みには禁句とされている「頑張れ」を息子に言ってしまった。自分は、会社人間として、定年まで勤めあげたが、仕事第一で子供のことは、全て妻任せ、父として子らに何かしたという記憶はない。自分に記憶がないということは、子供たちにも、父が何かをしてくれたという記憶はないだろう。その子供が、勇気を出して、親父に飲もうと言ってきたのに、その意味を探ろうともしなかった自分が、恥ずかしく、そして情けなかった。

「由美子さん、私は、裕之は会社で何か悩み事があったのではないかと、思い始めました」

「それは、お義父さんも、裕之さんは自殺しようとした、と思っているということですか」

由美子はベッドに横たわっている意識のない裕之から、勇作に目を移して言った。

「それは分かりませんが…。ただ、私なりに、裕之に何が起こっていたのか調べてみようと思います。調べるといってもその術もわかりませんがね。裕之のＳＯＳに気づけなかった父親として、何かをしないと気が済まないのです」

勇作もベッドに横たわっている息子を見つめた。

「お義父さん、私も裕之さんには、何かが起こっていたのではないかと考えていました。裕之さんのお友達の、菊田さんと大森さんにもお電話で、転落したことをお知らせした時に、主人が仕事で悩んでいたような事はなかったか、お聞きしてみました。でも、お義父さん、調べることなんか出来るのでしょうか」

由美子は、不安そうな目を勇作に向けた。

「そうですね。興信所とかに、調査を依頼するやり方もあるかも知れませんが、素人の私が、調べるとなると、簡単なことではないでしょうね。どうするか考えなくてはいけませんが、まずは、裕之のその二人の友達から、話を聞かせてもらうことから始めるしかなさそうですね」勇作は眉間にしわを寄せて言った。

勇作の話を聞いていた由美子が、「あっ」と小さく声を出した。

「お義父さん、良い人がいます」

「良い人？」

「空木さんの探偵事務所に頼んでみたらどうでしょう。一人でやっている小さな事務所だそうですけど、知らない人に頼むより良いんじゃないでしょうか」

「空木さんというのは、裕之の付き添いをしてくれて、病院まで来てくれた人ですか。その方は、探偵なのですか」勇作は、きょとんした面持ちで言った。

「はい、お義父さんには、空木さんの名前しか、お話ししていなかったのですが、名刺をいただいています。裕之さんの意識が戻ったら、連絡しようと思って、持っています」

由美子はそう言うと、カバンのサイドポケットから一枚の名刺を取り出して、勇作に渡した。

「スカイツリー万(よろず)相談探偵事務所、所長、空木(うつぎ)健介。住所は国分寺光町ですか」

勇作は、名刺に書かれている名前を、声を出して読んだ。


その日の夜、空木の携帯が鳴った。登録されていない番号が表示されていた。スマホの画面を、指で二度三度とスライドさせた。空木は、スマホの電話の出方が下手だ。

「空木です」あわてて言った。

「突然のお電話で申し訳ありません。森重と申します」

森重と聞いて、空木は「あっ」と声を出した。

「三ツ峠山で空木さんにお世話になった、森重裕之の父の森重勇作と申します。その節は、空木さんには、大変お世話になりながら、お礼をお伝え出来ずに申し訳ありませんでした」

空木には、その声が低く、そして声を押えて話しているように思えた。近くに誰かがいるのだろうかと推測した。

「ご丁寧にありがとうございます。それで、息子さんの容態はいかがですか」

勇作は、森重はＩＣＵから出て、個室に移ったが、意識が戻っていないことを説明し、森重を東京の病院へ移す、相談をしていることも話した。勇作は話をさらに続けた。

「実は、空木さんに直接お会いして、お願いしたいことがあります」

「私にですか、なんでしょう」

「探偵の空木さんに、仕事の依頼をしたいのですが、お会いしていただけますか」

「ええ…仕事ですか。わかりました」

空木は、少し戸惑いながらも了解し、明後日に、国分寺光町の空木の事務所で会うことになった。

二日後の午後、空木の部屋のインターホンが鳴ったのは、約束の午後三時ちょうどだった。事務所といっても、空木の自宅だ。独身の男の部屋は、ただただ汚い、臭い。空木は、事務所にしている部屋だけは、人が入って座れるように掃除し、片付け、気休めの消臭スプレーを振りまいた。

空木は、森重の父、勇作をその事務所に案内した。勇作は、小柄で頭髪は短髪にしているが薄く、顔は日に焼けていて、六十半ばと思えた。

「狭い上に、汚い事務所ですみません。ここがすぐに分かりましたか」

空木は、用意していた、インスタントのコーヒーを、紙コップで出した。砂糖もミルクも出さずに。

「私も、国分寺の本多に住んでいますから、この辺りも何度かは来ています。迷いはしませんでした」

空木は、森重勇作が、同じ国分寺に住んでいることに、少し驚いた。つまり、息子の裕之の実家が、国分寺だと改めて知らされたのであり、三ツ峠山で出会った森重裕之との因縁を感じた。

勇作は、ベランダのある窓から、外を眺め「良い部屋ですね」と空木を見て言った。

「実は、私も山が好きで、時々、近場の山に登っています」

「そうなのですか、息子さんの山の趣味も、お父さんの影響ですか」

「そういう父親なら良かったのでしょうが、私は全く…」

微妙な空気だ。

「私への仕事と言うのは…」空木は話を進めた。

「空木さんにお願いしたいことは、息子に何が起こっていたのか、私と一緒に調べてほしいのです」勇作はそう言って、小柄な体を折った。

「お父さんは、何故、調べようと思ったのですか。息子さんの転落は、事故ではないかも知れないと思われたのですか」

空木は、森重の転落に対し、自分が想像していたことと、勇作の思いに接点があるのか知りたかった。

勇作は、裕之の妻の由美子が、半年前辺りから感じていた、裕之の変化。そして、勇作が、裕之と酒を飲んだ時の会話の話をした。

「空木さん、父である私にとって、今回の事は一生後悔する、いえ悔恨(かいこん)の思いを生涯抱き続ける出来事になるかも知れません。真実を知ることで、父として息子にしてやれることが見えて来るのではないかと思うのです。どうか力になって下さい」勇作は、そう言って深く頭を下げた。

空木には、勇作が涙ぐんでいるように見えた。

「わかりました。どこまでやれるか分かりませんが、精一杯やってみましょう」

空木は、引き受けた。

二人はまず、森重裕之の会社の友人である、同期の大森と菊田の話を聞くことから始めることにした。すでに二人には、由美子から転落事故の一報を入れた際に、森重の悩みについての心当たりを聞いているだけに、期待する情報が聞ける可能性は薄いかも知れなかったが、この二人を端緒にするしか他は無いと、空木(うつぎ)も勇作も考えていた。

勇作が、由美子から聞いていた二人の携帯に、電話を入れ、新横浜に勤務先がある菊田章は、明後日の午後五時半に、新横浜プリンスホテルで会うことになった。一方、大森安志は、来週は二名の重要な顧客との面会アポイントが入る予定のため、現時点では約束が出来ないが、明日、森重の見舞いに山梨へ行くつもりなので、そこで話が出来ないかとのことだった。病院には、面会時間内の午後三時に行くことを、妻の由美子には伝えてあるとのことだった。勇作も、そして空木も承知した。

二人は、明日と明後日の移動と待ち合わせ時間を打ち合わせた。明日の山梨の病院へは、勇作は一足先に入り、空木は、三時過ぎに病室の扉をたたくこととした。

打ち合わせを済ませた空木は、勇作の前に置かれた紙コップのコーヒーを入れ直した。そして、勇作に、三ツ峠山の山荘での森重の突然の涙の話をし、そのことから空木が想像したこと、つまり、裕之は「鬱」ではなかったかと思っている、と伝えた。

「森重さん、もし私が思っていること、これはあなたも思っていることだと思いますが、息子さんが「鬱」になった原因が、会社の職場にあったとしたら、森重さんはどうされるおつもりですか」

空木は勇作に目をやりながら、紙コップのコーヒーに口をつけた。

「どうするのか…。今は何も考えていません。ただ、裕之に何があったのか知りたいだけです」

「この調査に、どれ程の時間がかかるか分かりません。息子さんの意識が戻るのを待って、何があったのか、直接聞く方が早いかも知れませんよ」

「いえ、裕之は、話さないでしょう。一人で背負い込む性格です。それがあれの良いところでもあり、こういうことになってしまう原因かも知れません…」

「わかりました。いろんな障害があるかも知れませんが、頑張りましょう」

空木の言葉に、勇作は、再び小柄な体を折った。

「ついては、森重さんにお願いですが、明日、明後日の二人の面会の後は、私に任せていただきたいのです。森重さんには、必ず報告を入れます。もし、森重さんが、独自に動かれる場合は、私に必ず知らせていただきたいのです」

空木は、森重の父が調査に動いていることが会社に知れない方が、調査し易いと考えていた。

「分かりました。空木さんに全てお任せします。宜しくお願いします」勇作は、机に頭がつくほどに体を折った。

勇作が、スカイツリー万相談探偵事務所を辞去したのは、夕方五時半を過ぎた頃だった。

空木は、冷蔵庫から缶ビールを取り出し、ベランダへ出た。ビールを二口、三口と喉を鳴らして飲んで、煙草に火をつけた。

丹沢の山々、奥多摩の山々、そして富士山が、オレンジ色に染まる西の空をバックに、スカイラインを見せている。その夕焼けの空は、美しいオレンジ色のグラデーションを見せて中空に溶けていく。空木は、この時間の、ここからの眺めが気に入っていた。

「さて、どうしたものか」独り言を言った。

山梨県立総合病院に入った空木は、腕時計に目をやりながら、六階の脳神経外科病棟の個室をノックした。扉を開けて、女性が顔を覗かせた。妻の由美子だった。

「空木さん、お久しぶりです。どうぞお入りください」と病室の中へ招き入れた。

病室に入った空木に、ベッドに横たわる森重が目に入った。森重は、まだ意識は戻っておらず、点滴と鼻腔からの経腸栄養の管が繋がれていたが、呼吸は自発していて、いつ意識が戻っても不思議はないと思われた。

すでに来ていた森重の父の勇作が「空木さん、こちらが大森さんです」と言って、ベッドサイドに座っている、眼鏡をかけた男を紹介した。

大森は立ち上がって頭を下げた。

勇作は続けて「大森さん、この方が、お話ししていた空木さんです」と空木を紹介した。

紹介された二人は、改めて名刺交換をして挨拶した。

空木（うつぎ）は、由美子に見舞いの言葉を述べ、意識のない森重には「早く元気になって、山の話でもしましょう」と声をかけた。

三人は、由美子を病室に残して、病院近くの喫茶店に向かった。喫茶店は、空いていた。店の一番奥のボックスに座った三人は、アイスコーヒーを注文した。

勇作が、空木を見て「空木さんからお話ししていただけますか」と促した。

空木は「はい」と小さく返事をして、勇作とともに、空木がここにいる理由（わけ）を丁寧に説明し、森重に起こっていたことを、知りたいという主旨を話した。

大森は、二人の顔を交互に見て話し始めた。

「正直に言って、森重がどういう状況になっていたのかわかりません。私が、お話し出来るとしたら、合併以後、私が所長という立場で経験したことから、推測してお話しすることぐらいです」

「その推測で結構です。お話を聞かせてください」

空木は、大森に話を続けてくれるように促した。

アイスコーヒーがテーブルに置かれる間、わずかな沈黙が流れた後、大森が話し始めた。

「私たちの出身会社の太陽薬品は、今回の合併では被合併会社です。対等合併と言われていますが、会社の名前が消える被吸収会社の立場ですから、太陽薬品出身者の人間は、それぞれいろんな思いを抱えています。肩身の狭い思いを持つ人間もいるはずです。その逆に、旧ホープ製薬は吸収会社という立場ですから、人によっては、自分たちの方が立場は上だと、考えている人もいる筈です。そういう状況下で、合併したホープ製薬の管理職としてのポストは、工場と研究所を除いて、当然ながら半分しか必要ではなくなります。ただ、営業は、両社の製品をそれぞれに扱うMRが当初は必要なため、二つのライン、つまり旧太陽薬品MRと旧ホープ製薬MRの二つのラインで一年間やってきました。でも、これもこの九月末で終了して、十月からは統合されますから、所長のポストは半分近くまで減ることになっています。森重が課長をしている、営業本部も課の数を減らすのではないかと見られています。森重も販売企画二課の課長ですから、どうなるかわからない状況です」

大森は、ゆっくりとアイスコーヒーに手を伸ばし、口に運んだ。

「大森さん、それはあなた方、所長と課長だけの話ですか」空木が聞いた。

「いえ、支店長、副支店長の一本化も言われていますし、部長、副部長の統一も予定されていますから、上のポストも減ることになると思います。十月からの人事ですから、本来はもう内示が出ていておかしくないのですが、遅れているようです。今週あたりに出るのではないかと、噂されています。私も首を洗って待っているところです」大森はそう言って、薄笑いを浮かべた。

その表情は、自信ありげにも、また諦めに似た表情にも、空木には見えた。

「そういう状況の中で、ご苦労をされ、嫌な思いもされているということですか」

空木の問いに、大森は「そういうことです」と頷きながら小声で言った。

「裕之も、そういう状況の中にいた、いや、今もいるわけですか」勇作は大森を見つめて言った。

「森重は、もっときつかったのではないかと思います」

「もっときつかった…」

「はい、これはあくまでも私の憶測ですが、本部のポスト争いは、旧太陽薬品の人間にとっては、かなりきついのではないかと思います。営業本部長は旧ホープ製薬の本部長ですし、森重の上司の部長も、旧ホープ製薬の人間です。そんな中で、旧ホープ製薬の販売企画第一課長と、競う訳ですから気持ちの上ではしんどかったと思います。ただ、森重は一言も、辛いとは言わなかったですね」

「大森さんは、森重さんと度々お会いになっていたのですか」

「度々ということはありません。森重が、東京へ異動してきてから、三ツ峠山の山行を含めても、二回会っただけです。ご存知の通り、コロナで緊急事態宣言が出されてからは、全く会う機会はありませんでした。連絡を取り合うこともありませんでした」

連絡を取り合っていない、という大森の話を聞いて、森重はやはり最初から一人で三ツ峠山に登るつもりでいたのだ、と空木は確信を持った。

「三ツ峠山に一緒に行かれたことがあるのですか」

「はい、森重が、名古屋支店から本社に来てすぐに、横浜支店にいる菊田という同期から誘われて、三人で登りました」

「大森さんも、所長として嫌な思いをしておられるのでしょうか。差し障りがなかったら聞かせていただけませんか」

空木は、大森の顔色を窺った。

「……」大森は、しばらく腕組みをして考え込んだ。

大森の脳裏に、去年の十二月のことが思い出された。大森は、東京支店の副支店長の横澤から、突然の誘いを受けた。指定された料理屋の部屋には、横澤副支店長がすでに来ていた。その隣には、見慣れない、というより大森が初めて見る男が座って居た。その男は、横澤の紹介によれば、販売企画部長の下松とのことだった。販売企画部長ということは、森重の上司なのか、と大森は思った。その部長が、何故、ここに居るのか、何故、自分はここに呼ばれたのか、嫌な予感がした。大森の不安を読み取ったのだろう、横澤が言った。

「大森所長と、下松部長の部下である森重課長は、所課長の中では、二人とも三十八歳と社内の管理職では最も若い。それで、下松部長が、是非、君と飲みたいと言われてね。ただそれだけだから気楽にするといいよ」

気楽にと言われて、気楽にできるほど無神経ではない、と思いながら、勧められるままアルコールを口にしたが、大森はとても酔えなかった。

話は、仕事の話から、大森の趣味の山の話、東京支店長のゴルフの腕前の話になった時には、下松も自信があるらしく、自慢話が続いた。何故かボーイスカウトの話も出ていた。多岐にわたる話ではあったが、大森にとっては、何の実りもない時間が過ぎ、ようやくお開きとなった。

下松と、横澤の乗るタクシーが到着し、乗る間際に、横澤が大森の耳元で囁いた。

「今日のことは、大森所長の胸に収めて、誰にも言うなよ。君もやりにくくなると嫌だろう」

大森の胸に小さな後悔が湧いた。


大森の胸にその時の思いが、苦々しく蘇った。

「私自身は、嫌な思いをしているとは思っていませんが、東京の支店長は、私たちと同じ旧太陽薬品の方なのですが、副支店長は、旧ホープ製薬ですので副支店長には気を使います。それと、私にとっては、初めての経験なので、何とも言えませんが、部下の評価の際に、ほかの所長、特に旧ホープ製薬の所長とのやり取りや、話し方で感じたのが、旧太陽薬品のＭＲを、見下したような言い方をするのを聞くのは嫌だったですね」大森は、そう言って腕時計に目をやった。

「長い時間、お話を聞かせていただいてすみません。あと、私から、一つ、二つお願いがあります」空木（うつぎ）は座り直した。

「大森さんの知り合いで、営業本部に勤務されている方がいましたら、紹介していただきたい、ということが一つ。あと一つは、森重さんのお父様が、息子の裕之さんの、職場環境を知ろうとして、調べているということを、誰にも言わないでほしいのです」

空木の言葉に、大森は頷いた。

「お父様の事は、誰にも話しませんが、本部の知り合いは…」と言って宙を見た。

「本社に知り合いがいないことは無いのですが、信頼できるかというと自信は持てません。営業本部となると全くいません。役に立てなくてすみません」

「いえ、とんでもありません。今日は長い時間ありがとうございました」

空木と勇作は揃って頭を下げた。

翌日、空木(うつぎ)は小雨が降る中を、午後三時過ぎに事務所兼自宅のマンションを出て、新横浜のホテルに向かった。

空木(うつぎ)が、勇作との約束の時間の五分前にホテルに入った時には、勇作はすでにロビーで待っていた。ホテルのロビーは外国人の姿はほとんどなく、インバウンド全盛期の頃の景色には、程遠かった。

二人は、ロビーのソファで菊田章を待つことにした。

「空木さん、裕之が水曜日に、東京の病院に転院することになりました」

「そうですか、東京から山梨に付き添いに通うのは、大変だったでしょうから、良かったですね。それでどちらの病院に移るのですか」

「三鷹の杏雲大学病院に転院することになりました。これで、私の家内も、国分寺から付き添いに行けますし、由美子さんの負担も、少しは楽になると思います」

空木は、勇作の言葉と表情に、長期戦の覚悟のようなものを感じていた。

「森重さん、今日の菊田さんの話も、大森さんの話と同様に、具体的な話は出てこない可能性が高いと思います」

「はい、私もその可能性が高いだろうと、覚悟しています。それは仕方がないことですが、これからどうしますか」

「とにかく、販売企画部の職場の状況を聞ける人間に、行きつくまで、人脈を探し続けるしかありません。私も、製薬会社にいましたから、伝手(つて)を頼ってみるつもりです」空木は、そう言いながら、何人かの人間を思い描いていた。

「空木さん、あの方ではないですか」勇作は、ホテルの入口の方に目をやった。

時刻は、五時二十分をさしていた。空木は、ソファから立ち上がり、スーツの上着を腕に抱えた、マスク姿の男に近づいた。

「菊田さんでしょうか」空木は小声で声をかけた。

「はい、菊田です」

「私は、空木と申しますが、あちらに、森重さんのお父様がいらっしゃいます」

空木は、勇作の方に手を挙げた。勇作もソファから立ち上がって頭を下げた。

三人は、名刺交換を含めて、挨拶を済ませ、コーヒーラウンジに移った。

「空木さんは、探偵事務所の所長さんですか」菊田は、空木の名刺を見て言った。

空木は、世間では、探偵の名刺は珍しいのだな、とよく思う。

「空木さんは、裕之の事故が起こった山に、偶然居合わせて、病院まで付き添ってくれた方なのです。今日、菊田さんにお会いしに来たのは、空木さんも、私も、裕之の事故に疑問を感じています」

勇作はさらに続けて、その疑問の根拠になっている出来事と、それに関して、空木と勇作が考えていることを、菊田に伝えた。

「森重が、どれ程厳しい精神状態になっていたか、一MRの立場の私には、理解するのは難しいのですが、森重と大森は、同期の中での出世頭で、合併会社の中でも、最も若い管理職と言われています。それだけに、周りの目も、プレッシャーもきついものがあったと思います。具体的に、森重にどんなことがあったのかは、分かりませんが、森重の部下に、たまたま私の知り合いの後輩がいまして、森重が可哀そうだと、言っていたことがありました」

菊田は、運ばれてきたコーヒーにミルクを入れた。

空木と勇作は思わず顔を見合わせた。

「菊田さん、営業本部の販売企画部に知り合いがいらっしゃるのですか」空木は身を乗り出すようにして言うと、バッグから手帳を取り出した。

「ええ、森重の部下ですから、販売企画課にいます」森重は空木の勢いに少し戸惑いながら言った。

「その方の、お名前は」

「吹山と言います。吹山健一、私の二年後輩で、東京支店にいた時に、同じチームにいた男です」

空木は、メモを取った。

「その吹山さんという方に、お会いして、内密に話を聞かせて頂きたいのですが、紹介していただけませんか」

「紹介するのは構いませんが、お二人で会われるのでしょうか」

空木は、再び勇作を見て、勇作が頷くのを確認した。

「いいえ、私一人でお会いしたいと思います」

「わかりました。今日中に、吹山に連絡して、空木さんに会うように言っておきますから、明日以降電話して、会える日程を相談してください」菊田はそう言うと、スマホを取り出し、空木に吹山の携帯の電話番号を伝えた。空木はメモを取り、手帳をバッグにしまった後、菊田に聞いた。

「菊田さん、今回森重さんが、三ツ峠山に行く前に、誘いの電話とかの連絡はありませんでしたか」空木（うつぎ）は、森重が、最初から単独で登るつもりだったことを確認するために聞いた。

「いえ、何の連絡もありませんでした。森重は、誰かに登ることを連絡していたのですか？」

「いや、それはわかりませんが、森重さんは奥様に、同期の菊田さんたちと三人で登ると言っていたようなので、確認させていただいた訳です」

「何故、森重は三人で登るなんて嘘を言ったんでしょう。大森にも連絡はしていないですよね。僕ら以外の誰かと登るつもりだったということでしょうか」

菊田は、首を捻って、またコーヒーを飲んだ。

空木は、菊田の話を聞きながら、ふと考えた。自分はあの日、森重と自分しか三ツ峠山にはいないと思い込んでいたが、もし菊田の言うように、他の誰かに連絡していたら、若しくは、森重が三ツ峠山に登って、宿泊することを知っていた誰かがいたとして、その人間があの日、三ツ峠山にいたとしたら、どうなるのだろうか。森重が連絡した人間が、登るのであれば、一緒に登り宿泊する筈だが、あの日、山荘に宿泊した登山者は、自分と森重の二人だけだった。森重に内緒で登るとしたら、その目的は何だ。サプライズのためとは考えにくい。もしかしたら、殺すためなのか。事故でも自殺でもなく、故意に突き落とされた可能性もあるということか。

もう一軒の宿泊施設である、四季楽園に宿泊客がいたとしたらどうだろう。いや、早朝に御坂峠方面の登山口である、三ツ峠登山口の駐車場に車を置いて登ってくることも出来る。だが、これは三ツ峠山荘で飼っている、甲斐犬三頭が吠える可能性が高いが、あの日の朝それはなかった。四季楽園の、あの日の宿泊客を、念のため調べてみる必要がありそうだ。

「空木さん、どうしました」勇作が、じっと考え込んでいた空木に声をかけた。

「あ、ちょっと考え事をしていました。菊田さん、いろいろお話を聞かせていただいて、ありがとうございました」空木は、礼を言って頭を下げた。

「お二人にお願いですが、もしも森重が、何らかの理由で自殺しようとしたのなら、その原因と考えられる事を、私にも教えていただけませんか」

「菊田さん、それを聞いてどうされるつもりですか」

空木は、鋭い目つきになっている菊田をじっと見て、その表情を窺った。

「何かを考えているわけではありませんが、同期の親友を、死ぬほど追い詰めたものは何だったのか、知りたいだけです」

「お気持ちはわかりますが、難しいかも知れません。お父様と奥さんの、了解が大前提ですし、裕之さんの名誉に関わることでもあります」空木は、勇作の方に目をやりながら答えた。

空木と勇作は、菊田章に礼を言って、雨の上がった薄暮の歩道を、新横浜駅に向かって歩き始めた。

「森重さん、以後は私一人で調べていきますが、報告はしっかりしますから安心してください」

空木は、四季楽園の宿泊客の調査については、勇作に話すのは止めた。単なる空木の憶測で、勇作に余計な心配をかける必要はないと考えた。

「森重さん、私はそこの牛丼屋で晩飯でも食べて行こうと思いますけど、どうされますか」

空木は、牛丼屋のオレンジ色の看板を指差しながら言った。

独身の空木は、ココイチのカレーが大好物だが、牛丼も好物の一つで、週に一回は食べていた。

「牛丼ですか、たまにはいいですね。お付き合いします」

勇作はそう言って笑顔を見せた。

調査

新横浜から、事務所兼自宅のある、国分寺光町のマンションに、空木(うつぎ)が帰ったのは夜の九時を回っていた。

月曜日は、平寿司は休みだ。空木は、焼酎を入れたロックグラスを持って、夜のベランダに出ると、煙草に火をつけて考え始めた。吹山という販売企画課員との面会は、近いうちに実現するが、あと何人か話が聞ける人間がいてほしい。人脈を探っていくしかないが、自分には、ホープ製薬に人脈はない。

空木は、退職した万永(まんえい)製薬の入社同期の、村西良太が浮かんだ。村西なら、旧太陽薬品か、旧ホープ製薬に知り合いがいる可能性が高い。ただそれが、現ホープ製薬の営業本部に繋がっているかどうかは、運次第だ。

では、四季楽園の宿泊客の調査はどうするか。三ツ峠山に三ツ峠山荘とともに建つ山小屋を思い浮かべた時、フッと三ツ峠山荘の主人の顔が浮かんだ。

空木は、村西の携帯に「明日連絡してほしい」とメールを送った。

村西良太は、空木が退職した万永製薬の入社同期の男だが、帝都薬科大学に一浪して入学したため、空木より一つ年上だ。空木が、万永製薬を辞める際に、最も強く引き止めたのはこの村西だった。二人は、馬が合うのか、空木が退職して、札幌から東京へ戻ってきてからも、村西が杉並に住んでいることもあり、三、四か月に一度は会って飲んでいた。

空木が、ロックグラスに新しい氷を入れ足して、焼酎を注いだ時、空木のスマホが鳴った。村西良太の名前が表示されていた。

「もしもし空木です。明日で良かったのに、すまないな」

「おー、今飲んで帰ってきたとこや。明日になって忘れたらいかんやろうと思って電話したんや。何の用や」

村西は奈良出身で、関西弁は抜けない、というよりも抜こうとしていない。

「酔った村西に話しても、無駄かも知れないが、合併したホープ製薬に、知り合いはいないか聞きたかったんだ」

「太陽薬品と合併したホープ製薬か。すぐには浮かんでこないが、それがどないしたんや」

空木は、村西の酒臭い息が、スマホの中から漂ってくるのではないかと、スマホを耳から離した。

「実は仕事で、ホープ製薬の営業本部に勤務している人間を探しているんだ。顔の広い村西なら、旧ホープ製薬か、旧太陽薬品の人間で、そういう知り合いがいるかも知れない、と思って連絡したんだ」

「ほー、貧乏探偵に仕事が入ったんか、それは良かったやないか。そやけど残念ながら思い浮かぶ奴はおらんな。思い出したら連絡するわ」

空木は、「遅くにすまなかった」と言って電話を切った。

翌日空木は、ホープ製薬販売企画部の吹山健一に連絡を入れた。

ツーコールほどで電話に出た吹山は「こちらからかけ直します」と言って、名前を名乗る前に携帯を切った。

数分後、空木の携帯が鳴った。下手な手つきでスライドさせた。

「はい、空木です」

「空木さんですか、吹山です。先ほどはすみませんでした。今日は在宅ではなく、会社にいるので、場所を変えさせていただきました。空木さんのことは、菊田さんから聞いていています。私の話を聞きたいということですが、平日は難しいと思います」

吹山は、声を殺して話しているように、空木には思えた。

「土曜、日曜ならお会いしていただけますか」

「はい、土、日なら大丈夫です」

「どちらに伺えば宜しいでしょうか。吹山さんのお住まいの近くで構いませんが」

「三鷹でお会いしませんか。菊田さんから、森重課長が、杏雲大学病院に転院したと教えてもらいましたので、今度の土曜日に見舞いに行こうと思っているところです。見舞いが済んだ、四時に三鷹駅でいかがですか。目印にホープ製薬の名前の入った紙袋を下げて行きます」

「それは、私も好都合です。宜しくお願いします」

空木は、菊田も見舞いに来るのだろう、と思いながら電話を終えた。

時刻は午前十一時前だった。吹山との約束を取り付けた空木は、四季楽園の宿泊客の調査をどうするか考えた。

自分のような、どこの誰か分からない人間が、いきなり施設に宿泊客を教えてほしいと言って、教えるような施設は絶対にない。警察官でも、警察証を見せれば教えるだろうが、電話ではやはり教えないのではないか。しかも、事件でもないのに警察に動いてもらえる筈もない。宿泊した人間が、居たのか、居なかったのか、それだけでも教えてもらえないだろうか。聞くだけ聞いてみよう、宿泊客がいなければ、それで調査終了だ。

今の時間帯なら、山小屋は比較的忙しくはない、と空木は思い、四季楽園の電話番号をインターネットで調べて、ダイヤルキーを押した。

電話に出た声は、年配の男性の声で、山小屋の主人ではないかと思われた。空木は、姓名を名乗った後、三ツ峠山で転落事故を起こしたハイカーの友人だが、当日の朝、その友人に出合った人がいないか捜している、ついては、あの日に四季楽園に宿泊した人がいなかったか教えていただけないか、と予め用意していた理由を説明して、電話の相手の反応を待った。

「うーん、宿泊した人が、居たか居ないかだけなら、まあいいずら。ちょっと待っていてくださいよ」

電話の相手は、受話器を置いて調べているようだった。空木は、その男性の言い方を聞いて、やはり名前は教えてもらえそうもないな、と感じていた。

「お待たせしました。あの事故は、確か先週の金曜日だったから、木曜の宿泊という事だね。あー、一人いたね」

「いますか。名前を教えていただく訳にはいきませんか」

空木は、頼む、教えてくれ、と祈ったが、「それは出来ないよ。お宅が、どこのどなたか、名前を名乗られただけで、どういう人かわかりもしないのに、お客さんの名前を、おいそれと教える訳にはいかないよ」と空木が予想した答えが返ってきた。

「そうですか、では、男性なのか、女性なのか、だけでも教えていただけないでしょうか」

「うーん、男だ」

空木は、山小屋の主人と思われる相手に、丁重に礼を言って電話を切った。

四季楽園に、あの事故のあった朝、一人の男が宿泊していた。どこの誰なのか、転落事故とは無関係の男だったとしても、調べておくべきだろう、と空木は思う。

ついさっき悩んだことにまた突き当たった。警察証を見せれば…。そうだ、刑事である巌ちゃんに頼んで、四季楽園まで行ってもらえないか、と考えた時、さっきの山小屋の主人と思われる男の言った言葉を思い出した。「お宅が、どんな人かわからないに…」と言ったことだ。もし、素性がわかる人間なら、教えてくれるかも知れない。巌ちゃんこと、石山田刑事に頼むのは、最後の手段だ。まずは、三ツ峠山荘の主人に頼んでみる方法があるのではないか。それでだめだったら巌ちゃんだ。

三ツ峠山荘の電話には、主人の息子が出た。父親は、今日は麓の河口湖町に下りているとのことだった。息子も、父親同様に、空木の素性と、事故のことについては、十分承知している。空木は、息子に父親と連絡が取れるように依頼し、連絡を待つことにした。

空木がインスタントラーメンを作り、鍋のままラーメンを食べ終わった頃にスマホが鳴った。登録されていない番号が表示され、空木は慌てて画面をスライドさせたが相変わらず手間取った。

「はい、空木です」

「ああ、三ツ峠山荘の主人です。息子から連絡があって電話しましたよ。どうしました」

山荘の主人は、空木が思ったより早く連絡してくれた。

空木は「忙しいところすみません」と詫びた後、転落した森重の状態を話し、四季楽園に念のため事故を見た人がいないかを確認しようとして、電話で宿泊客を確認してもらった。宿泊客がいなければ良かったのだが、一人いた。しかし、名前は教えてもらえなかったことを話した。

「それで、親父さんに名前を聞いてもらえないか思って、連絡したんですが、聞いてみてもらえませんか」

「そうか、助かったか。空木さん、あんたが病院まで付いて行ってくれた甲斐があったという訳だ。良かった、良かった。まあ、四季楽園の方は、親戚みたいなもんだが、教えてくれるかどうだかわからん。空木さんの頼みだから、聞いてみるだけは聞くよ。あてにせんで待ってなよ」

山荘の主人の言葉に、礼を言ってスマホを切った。

翌日、空木がトレーニングジムから戻ってしばらくして、スマホが鳴った。退職した万永製薬の同期、村西良太からだった。

「誰か思い出したか」空木は電話に出るや否や聞いた。

「おい空木、「もしもし」くらいは言ったらどやねん」村西は言い返した。

「親しいとは言えんけど、公取協（医療用医薬品製造販売業公正取引協議会の略で、消費者庁長官及び公正取引委員会の共同認定を受けた製薬業界の自主規制のための団体）で、委員会が一緒で、何回も酒を飲んだ仲間に、太陽薬品のメンバーがおった。東京支店で総務課長しとったんやけどな、これが今、合併してホープ製薬の本社の総務課長になっとるらしい。調べるのはしんどかったで」

「総務課か」空木の声のトーンは低かった。

「苦労して調べたのに「総務課か」は、ないやろ」

「あ、すまん、すまん」空木は、詫びはしたが、トーンは低いままだ。

「営業本部でないのは残念だが、一応名前は聞いておこうか」

「一応か。礼の一つも無いのやったら教えん方がええな」

「いや、申し訳ない。ありがとう村西、感謝するよ。どこかで役に立つかも知れないから、教えてくれ。頼む」

「初めからそう言え。名前は荒浜、荒浜聡だ。礼は、今度会った時の飲み代ということにしようや」

空木は、荒浜聡の名前を、手帳にメモしたものの、村西に面会のための取次ぎは依頼しなかった。

事務所の置時計のデジタルの表示が、水曜日午後二時を表示していた。空木は、水曜日の表示に、森重が東京に転院してくる日が、今日だったことを思い出した。

夕方の五時過ぎ、空木のスマホがまた鳴った。飲みの誘いかと思った空木は、スマホの表示を見て、「おっ」と小さな声を出した。三ツ峠山荘の主人だった。少しだけ期待する気持ちが、空木の心に湧いたが、期待を消し去ってスマホを取った。

「空木さん、教えてもらったよ」

山荘の主人の言葉に、空木は小さくガッツポーズをしていた。

「よく教えてもらえましたね。やっぱり親父さんの人望なのですね」

「いやいやそんなことはないが、二軒しかない山小屋で、持ちつ持たれつだからね。そんなことより、今から言うからメモを取りなよ」主人はそう言って、四季楽園の宿泊客の名前、住所、電話番号を空木に伝えた。

嶋村保博、四十歳、住所は東京都小金井市中町三丁目九番五号カーサ武蔵311号、電話番号は090から始まる携帯電話の番号だった。

「親父さん、ご苦労をお掛けしました。ありがとうございます」

「空木さん、あんたこの人を探して会うつもりみたいだけど、無駄じゃないのか」

「無駄なら無駄でいいんです。電話番号を教えてもらったので、電話で済むかもしれません。転落した彼に、見ても会ってもいないことが判ればそれで済みますから、それ程手間も掛からないと思います。とにかく助かりました。また山荘に泊まらせてもらいに行きますから、親父さんも元気でいてください」空木は、そう言って、スマホを耳に当てたまま腰を折って頭を下げた。

これで森重の転落に対して、空木が当初から推測していたことへの調査、職場への調査に集中出来ると空木は思った。

空木は、嶋村という男に、どう切り出すか考えながら、スマホのダイヤルを押した。

何回かのコールの後、「もしもし…」と言ったきり相手は名乗らなかった。嶋村と思われる男性の携帯に、今、表示されている番号は、登録したことのない、初めてコールされる番号なのだろう。疑いを持っての「もしもし」だったが、その声は空木には女性の声に思えた。

「突然お電話してすみません。嶋村保博さんの、携帯電話でしょうか」空木は、恐る恐る聞いた。

「いいえ、違います」明らかに女性の声だった。

空木は、混乱しながらも、「失礼ですが、お住まいが東京都小金井市の嶋村保博という方をご存知ではありませんか」と続けて聞いた。

「いいえ、東京に知り合いの男性はいません」

女性の声は明らかに不機嫌で、怒っている。電話をすぐにでも切りたそうだった。

「切らないでください。貴女には本当に迷惑な事だと思いますが、貴女の携帯電話の番号が、他人に勝手に使われてしまったようです。私は、空木健介と申しますが、この番号が嶋村保博さんだろうと思って、確認のために電話したのですが、全くの別人の貴女に繋がってしまったようです。念のため、本当にすみませんが、貴女のお名前を教えていただけないでしょうか。決してご迷惑はお掛けしません」

電話の向こうの女性は、考えているようだったが、電話は切らなかった。

「山形市に在住の、大山美里です」

「申し訳ありません。大変失礼した上に、ありがとうございました」

空木は、非礼を詫びた。

「片がつくどころか、面倒なことになってきた」空木は呟きながら、平寿司に行こうと、国分寺崖線の急坂を下った。

偽名か？いや、偽名と決まった訳ではないが、電話番号は虚偽だった。本名で、電話番号だけ虚偽を記載することがあるだろうか。ない訳ではないだろうが、連絡して欲しくないのだったら書かなければ済む話だ。やはり名前も偽名かも知れない。一体、どういうことなのだ。偽名だとしたら、偽名で泊まる意味は、目的は何なのだ。取り敢えずは、この住所に、該当者がいるかどうかを、確認しておかなければならないだろう、と空木が考えるうちに平寿司に着いた。

暖簾をくぐると、カウンターの一番奥に、客が一人座って居た。

「梅川さん、久し振りです」空木はそう言って、カウンター席の一番手前に座った。

梅川は、この店では年配の常連だ。興陽証券という証券会社を定年退職して五年が経つ。

「いらっしゃいませ」の女将の声がする。

しばらくして、店員の坂井良子が「お疲れ様でした」と言って、お通しとともに、ビールを運んできた。

「良子ちゃん、巌ちゃんは、最近いつ頃店に来た？」

「石山田さんですか。最近は来ていませんよ。空木さんと一緒になった時が、最後じゃないですか」

空木は、鉄火巻きと烏賊刺しを注文して、店の外に出た。煙草に火をつけて、友人で、刑事である石山田巌、通称「巌ちゃん」に電話をして平寿司に誘った。

石山田が、平寿司の暖簾をくぐって店に入ってきたのは、空木が電話をして、一時間経った頃だった。

「巌ちゃん、遅かったね」

「奥多摩署から急いで来たけど、この時間が精一杯だよ。健ちゃんは水割り何杯目だい」

「まだ二杯目だよ。巌ちゃんが来るのを待っていたから、酔っていないよ。鉄火巻きはもう食べちゃったけどね」

空木（うつぎ）は、隣に座った石山田にビールを注いだ。石山田は、そのビールをうまそうに飲み干し「何か、相談事なのか」と空木の方を見た。

「そうなんだ。実は、依頼された仕事の関係で、調べたいことがあってね。ある人間の名前と住所が実在するのか確かめたいんだ。そのマンションが、実在するのかどうかは俺でも出来るんだが、そこの住人の確認が出来るかどうかなんだ」

「仕事が入ったのか、それは良かった。マンションが判っているのなら、そこに行って、メールポストを見るか、管理人から聞くという方法が、考えられるけど、今のマンションは、個人情報の管理にはうるさいからな。探偵さんじゃあ、限界はあるかも知れないね」

そう言った後、石山田は、ビールをグイっと飲み干し、ちらし寿司を注文した。ちらし寿司のネタを酒のつまみにして飲むつもりのようだ。

「そうだよな。しかもその名前は、偽名かも知れないしな」

「偽名？一体その仕事って、何の仕事なんだ。浮気の調査か何かじゃないのか」

石山田は、今度は、空木の焼酎のボトルで水割りを作り始めた。

空木は、依頼された仕事が、三ツ峠山の事故に関する仕事であることを掻い摘んで話し、調べようとしている男の名前と住所、そして偽りの電話番号が書かれたメモを、石山田に見せた。

「電話番号が嘘だとしたら、偽名の可能性が高いと思うよ」石山田はそう言って、メモを手に取った。

「小金井市か、国分寺署の管内だな。俺の十月からの勤務署だ、国分寺署の知り合いに頼んでみるよ。所轄の交番なら、本当に住んでいるのかどうか直ぐにわかるよ」

「さすがに十月から係長に昇進する巌ちゃんだ、ありがたい、助かるよ」

「健ちゃん、礼は、平寿司の鰻重ということでいいから」

空木は、聞かなかったかのように、煙草を吸いに店の外に出て行った。

石山田から、空木に連絡が入ったのは、翌日の午後だった。

「健ちゃん、わかったけど、ちょっと厄介なことになってきたよ」

「厄介なこと?」

「嶋村保博はそのマンションにはいなかった。いなかったが、実在するみたいだ」

「え、それどういうこと」空木は、石山田の知らせに戸惑った。

「二年前までは、部屋番号は違うんだけど、住んでいたらしい」

「住んでいた。何が何だかわからなくなってきたよ。それで、今はどこに住んでいるのかは、わからないよね」

何で、実在する人間が、現住所を書かずに、以前住んでいた住所を記載するのか、そして偽りの電話番号を書く必要があるのか、理解できない。

「管理会社の退去届出書類にでも転居先が書いてあれば、わかるだろうが、記載がないと難しいぞ。管理会社に当たってもらうように依頼するけど、わかったら会いに行くつもりなのか」

「うーん。どうしたものかと思うけど。住所がわかったら会いに行くべきだろうな、と思う」

空木は、電話を終えて、ベランダに出た。空木は、考え事をする時は、必ずと言っていいほど、ベランダで煙草を吸うのが、ルーティンになっている。

今日の天気は、眺望は望めなかった。

実在する嶋村という人間が、偽りの住所と電話番号を書いたとしたら、目的は何だろう。嶋村という人間の存在を否定する必要はないが、現住所と電話番号は知られたくない。若しくは、知られたらまずい。そんな人間が、何故、三ツ峠山に登るのか。森重と繋がりのある人間だとしたら、空木が推測する限り、その目的は決して善（よ）きものではないだろう。

石山田からの再度の連絡は、その日の夜だった。

「転居先が判ったよ。電話番号はわからないが、住所は今から言うぞ」石山田は言って、三鷹市下連雀六丁目のマンション名を空木に告げた。

空木は、メモを取り復唱し、石山田に礼を言った。

「健ちゃん、それからもう一つ、その嶋村という人物の届出書類での情報だけど、医者だよ。二年前と勤務先が変わっていなかったら、杏雲大学医学部附属病院みたいだ」

「ドクターなのか」

医者が、ウィークデイに二日休んで山に行くのか、空木にまた疑念が湧いた。

会わなければならない。三鷹のマンションに尋ねるか、大学病院に会いに行く方が良いのか、大学に行くにしても、嶋村という医師の診療科はどこだろう。

空木は、インターネットで杏雲大学病院を検索した。四百人以上いる医師の中で、外来を担当する医師しか、ネットではわからない。

空木は、三十以上ある診療科を丁寧に調べた。内科系にも外科系にも出てこない。諦めかけた時、なんと最後の診療科の外来担当に、名前を見つけた。救急科の外来担当表に、週に三コマを担当する医長として、嶋村保博の名前が出ていた。

ここまでわかれば、勤務先の病院への電話で、確認できそうだ。しかし、最近の大学病院は、外部者からの電話は、容易には繋いではくれない。そのことは、製薬会社のＭＲだった空木は承知していた。

空木は、スマホのダイヤルキーを押した。病院の代表交換は、救急科に繋いでくれたが、救急科の受付には、予想通り用件を聞かれ、身分を詳しく聞かれた。

用件については、確認したいことがある、としか言えなかった。受付は、嶋村医師に用件を伝えに行ったようだ。しばらくして受付は、「先生は、救急の患者さんで忙しく、電話には出られない」と空木に伝えた。

嶋村医師は、探偵という職業を聞いて、怪しげな電話だと思ったのかも知れないし、要件についても、細かく受付に話せる筈もないのだから、これは仕方がないと空木は諦めた。

改めて、インターネットで、杏雲大学の救急科の外来担当表を確認した空木は、明日の午前の外来終了に合わせて病院を訪問してみることにした。

朝から天気は良いものの、九月になってからも暑く残暑が厳しい。空木は三鷹駅からタクシーで杏雲大学病院に向かった。

救急科外来は、二階にあった。空木はマスクを着けて、外来の端の椅子に座って、外来の忙しさの様子を窺った。空木は、頃合いを見て、受付に名刺を出し、嶋村医師への面会を依頼した。

空木は、万永(まんえい)製薬時代のMRだった時の、医師との面会場面を思い出していた。あの当時は、「三分で面会は終わります」と言って、話し始めていたことを思い出す。

会ってくれるだろうか、と空木が考えていた時「空木さん」と呼ぶ声がした。がっちりした体躯で、白衣を着て、首から聴診器を下げている男性だった。

「嶋村ですが、要件は何でしょう」

名刺を手にした嶋村は、一歩、二歩と空木の方に歩を進めた。空木は、慌てて椅子から立ち上がりお辞儀をした。

「空木健介と申します。お忙しいところ申し訳ありません。五分で用件を済ませますので、お話をお聞かせください」

「…。あなたは昨日、電話して来られた方ですね」

「はい」

「それで要件とは何でしょう」

「実は、先生が、今月の第一週の木曜、金曜の二日間に三ツ峠山の四季楽園という山小屋に宿泊されていないか、確認させていただきにお邪魔しました。いかがですか」

「え、何ですかそれは。山の名前も初めて聞きますし、その何とか園とかいう名前も初めて聞きました。その二日間も当然、病院にいましたし、外来もあるのに泊まれる筈がありません。第一、私は、山は全くやりませんし、救急医が、学会でもないのに、二日間も休むのは簡単ではないですよ」

嶋村の表情は憮然としていた。

「わかりました。やはり、そうですか。私の思った通りでした。これで用件は済みました。お忙しいところ、ありがとうございました」そう言って、空木は礼を言って頭を下げた。

そして腕時計を見て、五分と経っていないことを確認した。

「空木さん、ちょっと待ってください。これはどういうことなのか、話していただかないと、私の気が済まないですし、失礼ではないですか」そう言う嶋村の表情は、困惑から混乱の表情に変わっていた。

そして、自ら待合の椅子に座り、空木にも座るように促した。

空木は、どこまで話して良いか考えながら、三ツ峠山で発生した転落事故の目撃者がいないか、ある人から依頼を受けて、山頂にある山小屋の宿泊客を調べていたところ、一人だけ宿泊客がいて、その名前が先生だったこと、さらに住所は、先生が以前住まわれていた、小金井の住所だったことを説明した。

「何故…、山に登ったことのない私の名前があったのでしょうか」

「誰かが、先生のお名前を偽名に使ったと思われます。何故、先生の名前にしたのかわかりませんが、先生の存在を認識している人間が、書いた可能性が高いのではないでしょうか」

「以前住んでいた、小金井の住所を記載しているのでしたら、きっとそうなのでしょうね。気分も悪いが、気味も悪い」

嶋村は、眉間に皺(しわ)を寄せた。

「先生、つかぬ事をお聞きしますが、先生のお知り合いの方で、山登りをされる方はいらっしゃいませんか」

「いないと思います。というより、私は山に興味がありませんので、知りません、というのが正しいですね」

空木は、五分で話が終わらなかったことを詫び、改めて今日の面会の礼を言ってその場を辞した。

病院の玄関を出た空木は、立ち止まって振り返り、「森重さん頑張れよ」と呟いた。

帰りは、バスで三鷹駅に向かった空木は、車中で考えた。偽名で宿泊した人間の調査は、これ以上自分には不可能だ。この件の調査は、ここで止めて、森重の職場についての調査に集中しよう。

昨日に続いて、空木が三鷹駅に着いたのは、吹山健一と約束した午後四時五分前だった。ホープ製薬の名前の入った、手提げの紙袋を持った男は、すでに待っていた。空木は、近づいて「吹山さんですか、空木(うつぎ)です」と声をかけた。

吹山も、「空木さんですか。初めまして、吹山です」と頭を下げた。

二人は、駅近くのコーヒーショップに入った。

この辺りは、オフィス街のためか、土曜日の人通りは、さほど多くはなく、店も空いていた。

アイスコーヒーを乗せたプレートを持って、二人は奥の席に座り、改めて名刺の交換をした。空木の予想した通り、「探偵さんですか」の反応が、吹山から返ってきた。

「森重さんの様子は、いかがでしたか」

「課長は、やっぱり意識はまだ戻っていませんでした。でも、痩せてはいましたけど、顔色は悪くは見えませんでした。菊田さんも、森重の意識は、いつ戻っても不思議じゃないほど、良い顔色だ、と言っていました」

「菊田さんも、見舞いに来ていたのですか」

「ええ、さっき三鷹駅で別れました。菊田さんは、杏雲大学病院は東京支店勤務の時に、担当していたらしくて懐かしい、と言っていました。ああ、空木さんに宜しく、とも言っていました」

二人は、ともにアイスコーヒーに口をつけた。そして、空木は、手帳を取り出した。

「吹山さんは、森重さんが可哀そうだ、と菊田さんに話されたと聞きました。そのことについて、森重さんにどんなことがあったのか、吹山さんのご存知のことがあれば、聞かせてほしいのです」

吹山は「はい」と小さく答えて、座り直した。

「私たちの販売企画二課は、旧太陽薬品の製品の販売戦略の立案企画が業務なのですが、旧太陽薬品の製品は、注射薬が多くて、当然ながら病院の市場が売上の主力です。合併して、間もなくでしたが、森重課長が我々に、ある主力製品の販路拡大の企画を考えるように指示されて、何度か部長に案として提出していました。課長はその都度、修正を指示されて、これで最終だという時に、なんと部長から、この製品にそもそも企画が必要なのか、必要ないと言われ、没にされたんです。課長は、私たちに謝っていましたけど、部長は最初から、その企画を取り上げるつもりは無かったんじゃないかと思いました。課長は辛かったと思いますよ」

吹山は一気に話すと、腕を組んで溜息をついた。

「酷い話ですね。課全体を無駄に働かせる。新任の課長だった森重さんは、どんな思いだったんでしょうね。その部長というのは？」

「下松（くだまつ）という部長です」

空木（うつぎ）は、手帳に販売企画部長、下松と書いた。

「その他にはありませんでしたか」

「私の知っているところでは、森重課長のいない時の飲み会の企画ですね。緊急事態宣言が解除された頃だったと思いますが、森重課長が、熱は無いが、体調が良くないので、休むと言って連絡してきました。ちょうど私が、その電話を取り次ぎましたから、良く覚えているのですが、部長は電話で、二週間出社するな、もし出社するのであれば、コロナ陰性の証明書を持ってくるようにと言っていました。酷いこと言うな、と思いました。そうしたら、次の日ですよ、部の飲み会をセットしろと、一課の課長に指示しているんです」

吹山は、自分の話に興奮してきたのか、顔が真っ赤になっていた。

「それで部の飲み会をやったのですか」

「やったんですよ。でも、さすがにこの時期ですから、参加者は部の人数の三分の一ぐらいで、部としての飲み会にはならなかったようですけどね」

「吹山さんは、参加されたのですか」

「いえいえ、私はありもしない理由をつけて欠席しましたよ」顔の前で手を振りながら、吹山は言った。

「吹山さんは、こうした森重課長への下松部長の行為は、何のために、何を目的にして行われた、と思いますか」

「森重課長が、旧太陽薬品出身の課長だからという虐めではないかと思いますが、もっと他に理由があるんでしょうか、わかりません」

　吹山はまた腕を組んで、首を傾げた。

「吹山さん、もう少しお話を聞かせて欲しいのですが、森重さんのここ一、二か月の様子におかしな様子、例えば、黙り込むとか、塞ぎ込むとか、はなかったでしょうか」

「コロナ対策で、在宅勤務の日数が増えることになって、課長も含めて、課の全員が顔を会わすのは週一回ぐらいなのです。ですから、課長の様子と言われても何とも言えません。空木さんは、課長の事故は「鬱状態」から起こったと、考えていますよね。だから調べているんですよね。私も、課長は部長からハラスメントを受けていたと思っています」

　吹山の話を聞き、吹山たち課員から見て、課長に変化があったかどうかわからないとすれば、課長からも、部下の心の変化は、わからないということだろう。在宅勤務、テレワークが普及していく中で、果たして管理職の職務が全う出来るのだろうか、と空木は感じていた。

「販売企画一課は、旧ホープ製薬の方たちばかりのようですが、吹山さんのように話を聞ける方はいませんか」

　空木は、氷が溶けて薄くなったアイスコーヒーを、二口、三口と飲んだ。

「わかりません。イエスマンばかりではありませんし、いい人達だとも思います。私たちとも普通に話しています。とは言え、課長、部長に話が筒抜けにならないとは言えないでしょう。それでは空木さんもまずいでしょう」

「はい、その通りです。最後に、販売企画一課の課長のお名前を教えていただけませんか」

　空木は、腕時計に目を移しながら聞いた。

「販売企画一課の課長は、国崎英雄と言います」

　時刻は、五時半を回っていた。二人はコーヒーショップを出て、三鷹駅に歩いた。

「吹山さん、今日は参考になる話が聞けました。ありがとうございました」

　空木は礼を言って頭を下げた。

「私たちは、森重課長が早く元気になってくれることを、祈ることしか出来ませんが、私で役に立つことが出てきたら、また連絡して下さい」吹山は、そう言って頭を下げ、中央線の上りホームへの階段を下りて行った。

事務所兼自宅に戻った空木は、やはり、ホープ製薬の販売企画一課の課員の誰かから、話を聞きたい、聞くことは出来ないか考えていた。ダメ元でいいと、空木はスマホのダイヤルキーを押した。

報告

空木（うつぎ）が、ダイヤルキーを押した相手は、土手登志男（どてとしお）三十八歳、空木（うつぎ）が退職した万永（まんえい）製薬の後輩だ。

空木が、名古屋支店に在職中の後輩として、後立山（うしろたてやま）の縦走、奥秩父金峰山から雲取山そして奥多摩駅までの縦走などを共にした山仲間である。

土手は、山以外にもマラソン、トライアスロン、ヨットとハードなアウトドアスポーツを趣味としているため、同業者との付き合いが非常に広かった。今は、北海道支店に転勤して、単身赴任で所長として勤務している。空木は、この土手登志男の付き合いの広さに期待していた。

五、六回のコールの後、「もしもし土手です。お久し振りです」の声が返ってきた。

空木は、「久し振りだな、突然の電話で申し訳ないが、他社のＭＲとの付き合いが広い土手を見込んで、頼みがある」と前置きして、空木が依頼された仕事のあらましを話し、ホープ製薬の営業本部に伝手は無いか、知り合いはいないかを聞きたいと伝えた。

「ホープ製薬ですか。太陽薬品と合併したホープ製薬ですよね」

「そうなんだけど、出来たら、旧ホープ製薬の人の話を聞きたいのだが、さすがの土手も、そんな都合の良い知り合いはいないだろうな」

「旧ホープ製薬で、今の職場が営業本部ということですか。それはちょっと無理です。そういう知り合いはいませんけど、名古屋支店の時、マラソンを何回か一緒に走った旧ホープ製薬のＭＲで、親しかった男がいますから、空木さんに紹介できるかどうかは別にして、聞くだけ聞いてみます」

土手との電話を終えた空木は、土手の人脈への期待が薄い中、これ以上の森重の職場環境に関する聞き取りをするとしたら、今日、話を聞かせてくれた吹山に、販売企画部の適当な人を紹介してもらうしかないと思った。しかし、それで空木が期待する話を、聞かせてもらえるのか不安だった。結果として、森重の父の勇作への報告は、吹山の話だけになってしまう可能性が高くなると思った。

夜の九時を回った頃、土手から連絡が入った。

「空木さん、微妙なんです。ホープ製薬の営業本部に勤務する人に、偶然にも繋がったのですが、私が紹介出来る人ではないので、どうしたものかと…」

偶然にも繋がったが、土手の直接の知り合いではない。その人と会って、話を聞く価値があるのか、いや、そもそも探偵の自分に会ってくれるかどうかもわからない。

「営業本部の、どこの部署に所属している人かわかるか」空木は、どうしたものかと迷いながら、念のため部署だけは聞いておこうと聞いた。

「販売企画部、とか言っていましたよ」

「え、販売企画部なのか」

空木は、予想しなかった部署の名前を聞いて、動揺した、というより色めき立った。そして即座に、会わずに後悔するより、会って後悔する方を選ぶことを決めた。

「その人に会うことは出来そうなのか」

「その人というのは、私の知り合いだと言った、旧ホープ製薬のMRの奥さんなんです。奥さんも優秀なMRだったのですが、二人は名古屋で職場結婚して、旦那の転勤で一緒に東京に来て、旦那はMR、奥さんは営業本部の販売企画部に、ということだったようです。そういう事なので、その旦那から奥さんに聞いてもらうことになるので、会ってもらえるかどうかは、全くわかりません。頼んでみますか」

「頼んで欲しいが、会ってもらう理由をどうするかなんだ…」

「脱ＭＲ探偵が話を聞きたい、では会う気持ちにはなりませんね」土手はそう言って笑った。

「嘘をついて、後々、迷惑を掛けるのはまずい。ある程度、正直に言わなければならないと思う。……販売企画二課の森重課長の知り合いが、貴女の上司の話を聞きたい、と言っている、と伝えてくれないか。それで会わないということなら、諦める」

「わかりました。すぐに連絡してみます。今日は、土曜日ですから、二人とも家にいるでしょう」

一旦電話を切った土手から、再び電話が入ったのは、二十分程してからだった。

「空木さん、会ってくれるそうですよ」

「そうか、会ってくれるのか、ありがたい」

「今から、その知り合いの奥さんの携帯電話の番号を言いますから、メモしてください」

土手はそう言って、山路貴子という女性の連絡先を空木に伝えた。

「空木さんの名前は伝えてありますから、連絡を取ってください」

土手の言葉に、空木は礼を言ってスマホを切ると、すぐに山路貴子の携帯に「空木と申します。明朝九時にお電話させていただいて宜しいですか」というメールを送信した。

即座に「了解しました」の返信が届いた。山路貴子の反応は早かった。

翌日、朝九時ちょうどに、空木はダイヤルキーを押した。コール音が鳴るや否や、「はい、山路です」という女性の声が返ってきた。

「私、ご主人の友人の土手さんから紹介を受けた、空木(うつぎ)と申します」空木は、丁寧に自己紹介し、会ってもらえることの礼を言った。

「それで早速ですが、いつお会いしていただけるでしょうか」

「空木さんがお聞きになりたい話ですと、会社の近くではない方が、お互いに良いと思いますし、仕事が終わってからでは、かなり遅くなりそうです。幸いに今は、週に二日は在宅勤務ですから、今度の水曜日の午後に、私のマンションの近くの喫茶店でお会いするのはいかがでしょう」

「お気遣いありがとうございます。私は、それで全く構いません。その喫茶店はどこの何というお店でしょう」

空木はメモを用意した。

「空木さんは、どちらにお住まいか存じませんが、京王線の国領駅はご存知ですか」

「住まいは国分寺ですが、国領駅は昔何度か近くを通ったことがある程度ですが、わかります」

「良かったです。それでは、水曜日の午後三時に国領駅南口で待ち合わせましょう。良いですか」

「わかりました。了解です。山路さんにはお忙しい中、感謝します」

空木は丁重に礼を言った。

電話を終えた空木は、灰皿を持ってベランダへ出て、西の山並みを眺めた。

今日の富士山は、薄いレースを通して見ているような、ぼんやりとした姿で見えていた。もうすぐ、初雪が報じられるのだろうと思いながら、山路貴子という女性について考えていた。

彼女は、どういう理由で自分と会う気になったのだろうか。森重の知り合いと言っている男が、自分の上司の話を聞きたいと、突然言ってきて、それに応じてくれる。この意味は、どう理解すべきなのか。会って、空木が探偵であることを知ったら、どう対応してくるのか。話す内容を選ぶだろう。さらに、空木の存在と、何かを調べようとしていることを上司に伝えるのではないだろうか。

空木は、今いろいろ考えても仕方がない、山路貴子という女性と話してから考えれば良いと腹を決めた。

空木は、調査の依頼主である森重の父、勇作への取り敢えずの報告をしておこうと、スマホのダイヤルキーを押した。

「空木です。昨日、菊田さんから紹介していただいた吹山さんと言う方のお話を聞いてきました。最終報告は、文書でお渡ししますが、今日は取り敢えず電話で報告しておきます」

空木は、吹山から聞いた話を勇作に話した。

森重が課員とともに企画した販路拡大策が、上司である下松という部長に没とされた件。そして、森重が出社できない間に、部長から出された飲み会企画の指示の件を伝えた。

「裕之は、その部長に随分陰険な事をされたのですね。しかし、その部長は、何のためにそんなことをしたのですかね。ただ単に、裕之が、旧太陽薬品の若い課長で憎いからですか。私から言うのも何ですが、この程度の仕打ちで死を選ぶ息子とは思えませんが」

勇作は、空木の報告を聞いても冷静だった。

「はい、私も同感です。下松という部長の森重さんへの行為は、モラルハラスメントとパワハラを併せたハラスメントで、許されるものではありませんが、仮に会社に訴えても、社内懲罰は重くはないと思います。部長の狙いをもう少し調べてみたいと思っています。それで、近いうちにもう一人に話を聞くことになっていますから、またご報告させていただきます」

「ご苦労お掛けしますが、宜しくお願いします。それから、今日、裕之の嫁の由美子さんから連絡があって、ホープ製薬の国崎という方が、裕之の見舞いに来ると言っていました。私も、病院で挨拶だけでもしようと思っていますので、空木さんにお報せしておきます」

　空木は、国崎と聞いて、メモ用の手帳を開いて確認した。

「森重さん、その国崎という方は、恐らく裕之さんと同じ部の課長だと思います。私も会ったことは勿論ないので、森重さんの目で、どんな人物なのか見ておいてください。ただ、私たちが、息子さんの転落事故に疑問を持っているということは、悟られないようにお願いします」

「はい、それは十分承知していますから安心してください。その方の印象は、必ず連絡します」

　空木のスマホに、勇作から連絡が入ったのは、その日の午後三時半頃だった。

「森重です。さっき国崎さんが帰られたところです。空木さんの言われた通り、販売企画第一課の課長さんでした」

「やはりそうですか。それで森重さんから見た、国崎という人の印象はどうでしたか」

「そうですね。真面目だと思いますが、上からの指示には絶対従う人だという印象を持ちました」

「それはどのあたりでそう感じたのですか」

「今日見舞いに来たのは、部長から、自分は忙しくて行けないから、代わりに見舞いに行ってくれと言われて来た、と言うんです。普通はそんな言い方はしないのではないか、と思いました。部長の指示がなければ来るつもりはなかったということでしょう。それと口が軽いというか、余分な話をする印象もありました」

「そうなんですか」

「裕之の山での転落事故の話から始まって、自分も山登りが趣味で、百名山のうちいくつ登ったとか、あそこの山にはまた登りたいとか、私も山登りは好きなので話を聞くのは良いのですが、一人で長い時間話していました。あの方は、自慢話がお好きなようですね」

「国崎さんという方も、山登りが趣味なのですか。三ツ峠山の話はされたのですか」

「いえ、国崎さんは三ツ峠山には登ったことはないと言っていました。住まいが、私たちと同じ、国分寺だそうで、奥多摩の山にはよく登っていると言っていましたよ」

「国分寺に住んでいるとは、また奇遇ですね。ところで、息子さんの容態に変わりはありませんか」

「幸か不幸かわかりませんが、まだ意識は戻らずですが、変わりはないです」

空木(うつぎ)は、勇作に連絡をしてくれた礼を言って電話を終えた。

前日からの雨は、午前中に上がった。

空木が、京王線国領駅の南口改札を出たのは、約束の午後三時の五分前だった。人通りは北口の方が多いようだった。

改札口には、山路貴子と思われる、ベージュ色の七分丈のパンツをはき、淡いピンク色のシャツを着た長身の女性が立っていた。

その長身の女性以外には、人待ち風の女性はいなかった。

空木は、軽く会釈しながら、その女性に近づいた。

「山路さんでしょうか」

「はい、山路です。空木さんですか」

「空木健介と申します。今日は、お仕事中に時間を割いていただきありがとうございます」

　簡単に挨拶を交わした二人は、山路貴子の案内で喫茶店へ向かって歩いた。歩きながら、空木は、何時になく緊張していることを意識した。

「山路さんは、万永製薬の土手を名古屋にいる時にご存知だったんですか」空木は、緊張をほんの少し和らげようと話しかけた。

「土手さんは、主人と親しかったんです。私も、卸さんで何度かお話ししたことはありました。空木さんは、土手さんとは長いお付き合いなのですか」

「実は、私も万永製薬でＭＲだったんですよ。その万永製薬の名古屋支店に十五年前に赴任した時からの付き合いで、山友達です」

「へー、空木さん、万永製薬でＭＲされていたんですか。それじゃあ、私たちの先輩ということですね。それで今は何をされているのですか」

　山路夫妻には、自分が探偵であることは、伝わっていない。土手は、意識してか、自分の職業を知らせなかったのだ、と空木は思った。

「あ、着きました。ここです、この喫茶店です。小さいお店ですけど、静かで雰囲気の良いお店ですよ」貴子はそう言って店に入り、予約していたのか、予約席と書かれた札が置かれた、奥のテーブルに進んで行った。

テーブルに着いた二人は、改めて名刺の交換をした。「スカイツリー万相談探偵事務所所長」の名刺を渡した空木は、その名刺を見た貴子の反応はどうか、「MRの先輩」と言って一瞬和んだ貴子が、どう変化するのか窺った。

貴子は、名刺を見て「うわ、探偵事務所の所長さんですか。MRを辞めて探偵をされているんですか」

「所長と言っても、私一人しかいない事務所です」

貴子は、空木の探偵の名刺を見ても、その表情には目に見える変化はなかった。貴子は、まだ空木の名刺を手に取ったまま見つめていた。

「探偵さんが、森重課長の知り合いで、上司の事を聞きたいというのは、どういうことでしょうか。上司というのは課長、部長のどちらなのでしょうか」

空木には、貴子の表情が、僅かに訝る表情に変わったように見えた。

空木は、どこまで貴子に話すべきか迷った。貴子の上司である国崎と、部長の下松には、今日の話が伝わることは覚悟しなければならないし、既に話を聞かせてもらった吹山に、間違っても迷惑は掛けられない。空木は、しばらく考えたが、話すことに覚悟を決めた。

　空木は、森重と三ツ峠山で知り合い、そこで転落した森重に付き添って、山梨の病院まで行ったこと、そして森重の家族から、転落は本当に不慮の事故だったのか、調べて欲しいという依頼を受けたことを話した。

「ご家族が、事故だったかどうかの依頼を、空木さんにしたということは、誰かに突き落とされた、とかですか」

「いえそうではなくて、「鬱病」が原因で、自ら転落、つまり自殺しようとしたのではないか、と疑っているのです。そのために、職場がどういう環境だったのか、話を聞ける方を探していました。そして、今日、山路貴子さん、貴女とこうして面会させていただいている訳です。しかし、山路さんも会社での立場もおありでしょうから、話したくないこと、話しにくいことはお話しいただかなくても結構ですし、上司の方お二人に今日のことをお話ししていただいても構いません。ただ、ご家族の思いを少しでも感じ取っていただけたら、貴女の知っている、森重さんと上司のお二人に関することをお話しください」空木は、そう言って貴子を見つめた。

　貴子は、眉間に皺を寄せて窓外に目をやった。

「ご家族は、森重課長の転落が、職場が原因だとしたら、どうされるおつもりなのでしょう」

「どうされるつもりなのかは、現時点ではわかりません。ただご家族は、森重さんの心の変調に気づけなかったことを、悔やんでいます。自分たちで責任を背負うために調べてほしい、と思っているように私には見えます」

空木はコーヒーを、貴子はミルクティーを口に運んだ。しばらくして、山路貴子はゆっくり話し始めた。

「森重課長は、空木さんもご承知の通り、旧太陽薬品の出身で、若手の課長としてエリートと見られていました。それが部長には面白くないのか、若さが妬ましいのか、目の敵にしているようでした。合併した当初は、それほどでもなかったと思いますが、徐々にひどくなって、七月頃からは、森重課長は勿論の事、二課そのものを嫌っているように、私には見えました」

「山路さんがそう言われるのには、その行為なり、場面なり、話なりを見たり聞いたりした、ということなのですか」

空木は、山路貴子が話す決心をしてくれたことに感謝するとともに、この女性の持つ人間性、正義感に触れたように思えた。

「子供のようないじめは、何回か見ました。私たちの上司は、国崎という課長なのですが、部長は国崎課長を使って、森重課長に会議室や時間を間違った時間、部屋を教えるんですよ。森重課長は、その度に「国崎課長しっかりして下さいよ」と言って、気にしていない素振りをしていました。内心どうだったのかわかりませんが、常識的には、いい気分の筈がありませんよね」

「森重課長は辛抱強い人なのですね」

「その辛抱強い森重課長が、すごく抵抗した会議もありました」

「会議ですか」

「はい、販売企画部の来期のための製品戦略会議でしたが、二課は全員ではなく、森重課長とその日が出社日になっている人たちだけでした。それも考えたらおかしいですよね。一課の私たちには、全員出席と言っていたのに、二課にはそうは言っていなかったみたいですから、森重課長はそれもあって抵抗したんだと思います」

「森重さんは、何にそんなに抵抗されたのですか」

「重点戦略製品の品目数を、今までの十品目から七品目に減らす会議だったんです。十品目というのは、旧太陽薬品の製品、旧ホープ製薬の製品、それぞれ売上上位の五品目ずつを取り上げて、重点品として扱っています。それを来期から七品目に絞り込む会議でした。普通なら、旧太陽薬品の製品の方が、売り上げが多いので、四品目は選ばれる筈なのですが、逆に旧ホープ製薬の製品が五品目も選ばれることになったんです。森重課長の抵抗は当然ですが、凄かったですよ。「全国のMRが納得しない」「営業推進部の理解が得られない」と言って、顔を真っ赤にして頑張っていましたから、一課の私たちは見ていて辛かったです。だって重点品が二品目しかない二課は存在価値が問われますよね、それは私たち一課も望まないことですよ」

「森重さんが頑張った結果はどうだったのですか」

「ダメでした。部長の案の通り、旧ホープ製薬の製品が五品目、旧太陽薬品の製品が二品目になりました」

この出来事は、吹山からは聞かされなかった。吹山は恐らく、在宅勤務の日で、この会議には出ていなかったのだろうと空木は思った。

山路貴子が話してくれた、この会議の結果は、森重の心に大きなダメージを与えたかも知れないと思い、空木は手帳に詳細にメモをした。

空木が、冷めたコーヒーを口に運んだ時、貴子がまた口を開いた。

「それから、これは私が、たまたま聞いてしまったのですが、部長と森重課長との評価面談での会話なんです」

「評価面談？」

「はい、半年毎の成績評価のための面談と、その途中で一回面談するのですが、私が聞いてしまったのは、七月の期中面談の会話です。森重課長は、部長から「ＭＲに戻るのなら、いつでも戻すよ。君はＭＲとしては優秀だったようだからね」って言われていました。私は、聞いてはいけない話を聞いてしまったと思って、忍び足で隣の面談室から出て行きました」

部下を育てようとしない、上司のこういう言葉は、空木は大嫌いであり、体に虫酸(むしず)が走った。

「その面談の話はそれだけですか」空木はそう言って、手帳にメモを取った。

「私もたまたま、隣の面談室の片付けに入っただけで、そこでじっと聞き耳を立てて聞くなんて、出来ません。聞いたのはそれだけですが、酷いなと思いましたから覚えているんです」

貴子は、部長に決して好感はもっていない。それどころか、ここまでの話をしてくれたこと、その言葉に含まれる気持ちを思えば、嫌悪とまでは言わないが、嫌いな人間なのではないかと思った。

「もうこれ以上、私がお話し出来ることはありません」貴子は、そう言って店の壁に掛かっている時計に目をやった。

「山路さん、すみませんが、もう少しお話を聞かせて下さい。部長のポスト争いのような話は聞いていませんか」

「私は、そういうことに興味がありませんのでわかりませんが、営業推進部の部長とは仲が悪い、というような話は聞いたことがあります。実際はどうなのかは知りません」

「営業推進部長ですか。その部長のお名前を教えていただけませんか」空木は手帳を手に取った。

「古河(こが)部長ですが、空木さん、うちの部長の名前は聞かなくていいのですか」

貴子に指摘された空木は、慌てた。すでに部長と課長の名前は吹山から聞いていたため、貴子から聞くべきこととして頭から抜けていた。今ここで「知っています」とは言えない。

「あ、そうです。部長のお名前と、それと山路さんの上司の課長のお名前も教えてください」

顔を赤らめている空木を見て、貴子は「空木さん、課長の名前はさっき言いましたよ、大丈夫ですか」と笑って言って、それぞれの名前は、下松部長と国崎課長だと教えた。

「国崎課長と森重課長の関係はどうなのでしょう。ポスト争いとかで、良くないのでしょうか」

「どうでしょう。良いとは思えませんが、国崎課長は、太陽薬品の株で、昔、儲けさせてもらった、と言っていて、太陽薬品には悪い印象は持っていないように思えましたけど、ポスト争いというのはどうなのでしょう。二つの課を一つにするとしたら、この十月ではないと思います。それに、いずれ一つの課になる時は、部そのものがなくなるんじゃないですか」

「え、部がなくなるんですか」

「私にはよくわかりませんが、課の人たちが言っているんです。課が一つだけでは部としては成立しないって。販売企画部か営業推進部のどちらかに統合されるだろうって言っています。でも、本当にそうなるのかは、私たちのような下々の人間にはわかりませんけど」

「そういうことですか。そうなる可能性もあるということですね。そうしたら、山路さんは、課長二人の関係からしても、お二人がプライベートで話をしているところを見たり、聞いたりしたことはありませんね」

貴子は、しばらく首を傾げて考えていたが、「あ、そう言えば」と言って何かを思い出したようだった。

「一度だけ、二人が山登りの話をしているのを、見たことがあります。盛り上がって楽しそうでした」

空木（うつぎ）は、森重の父、勇作から聞いていた、国崎の山登りの趣味の話からも納得した。

貴子は、再び壁の時計を見た。時刻は四時を回っていた。

「空木さんすみません。私、四時半から課長と業務報告ミーティングの予定で、その準備もあって、家に戻らなければいけませんので、そろそろ失礼させていただきます」

空木は、腕時計に目をやった。

「あ、それは失礼しました。長い時間お話を聞かせていただいてありがとうございました。ご自宅は、このお近く何ですか」

「この建物の上なんです。このマンションの五階なんです」

喫茶店を出たところで空木は、山路貴子に感謝の思いを込めて深々と頭をさげた。

山路貴子と別れた空木は、国領駅に向かって歩きながら、先日の吹山から聞いた話と、今日の山路貴子の話から、森重の心理状態を、慮（おもんばか）った。

合併を機に、抜擢で若き管理職になった森重と大森だが、森重は本社の営業本部の課長として、ＭＲの延長線上での営業所長の立場の大森とは、違う重圧があったのかも知れない。森重が勝手に背負った重圧だが、森重は販売企画二課の課員のため、被吸収会社である旧太陽薬品のＭＲのため、そしてほんの少しは、自分を抜擢してくれた人たちへの期待に応えるため。それらの重圧と戦っていたのではないだろうか。

空木は、四年前の万永（まんえい）製薬北海道支店での、支店長とのやり取りを思い出した。

「空木君を、所長に抜擢したいが、条件として、上司の方針、指示にむやみに疑問を言うのは止めなさい。ＭＲの代表でいるつもりなら所長には出来ない」

支店長のその言葉を、空木は黙って聞いていた。自分の信念も言わず、黙って聞いていた自分が情けなくなった。それが、万永製薬を、会社組織を辞めるきっかけとなった。家族を背負う責任も無かったこともあっただろう。結果、組織から逃げ出した。

退職届を提出した後、同期の村西良太から「そんな上司のいる会社を変えていくのが、俺らの年代の役目と違うんか。このまま辞めたらお前はただの逃亡者や」と言われた。その言葉を、空木は今も忘れることはなかった。

森重が、最も苦しんだのは戦略会議の決定だったかも知れない。そう考えた空木の前に、京王線の電車が入ってきた。

国立駅に下りた空木は、平寿司の暖簾をくぐった。先客には、小谷原（こやはら）がカウンター席に座っていた。

主人の「いらっしゃい」の声に迎えられて、カウンター席に座った空木は、小谷原に「久し振りです」と声をかけた。

「いらっしゃいませ」と言いながら、女将がビールとお通しを運んできた。

「今日は、良子ちゃんはお休みなんですか」

「あら、若い良子ちゃんじゃなくてごめんなさいね。良子ちゃんは、今日はお友達と会うのでお休みです。残念でした。あ、でも女の友達らしいから安心してちょうだい。空木さん」

「いやいや、ただ、いないのかなと思って聞いただけですから…」

空木は慌てて弁解したが、自分でも何か滑稽に思えて笑えた。

「小谷原さんは、多摩営業所の所長ですよね」空木は、ビールをグラスに注いで、小谷原に話しかけた。

「ええ、そうですよ。今年の四月からですから、まだ新米の所長ですけどね」

小谷原は、何を突然聞くのかという顔だった。

「所長になって、辛いことってありましたか」

「たった半年ですけど、ありますよ」

「それはどんなことでした」

「上司と部下の板挟みですよ。支店長の方針通りにやろうとすれば、部下のヤル気、つまり士気が下がる。部下の思い通りにさせてやろうとしたら、支店のルールを逸脱してしまう、というところです。部下は勿論だけど、支店長との意思疎通も良くしておかないといけない。これは下手をすると、部下を含めた周囲からゴマすり、茶坊主と思われてしまう。どちらかと言えば、部下思いが過ぎる所長だと言われた方がまだ良いですよ」

空木は、小谷原の話がスッと腑に落ちた。

翌日空木は、事務所でパソコンの前に座り、森重勇作の調査依頼に対する調査報告書を作成していた。

まず一通は、「吹山健一氏との面会報告」と題して、すでに勇作には電話で話したことを、改めて文書にした。

次に、「山路貴子女史との面会報告」と題して、彼女の現所属から始まり、昨日の面会場所、面会時間、そして子供じみた森重へのイジメから、戦略会議の出来事、下松部長との期中の評価面談の会話の一部までを詳細に記載した。

そして、最後に「参考」として、空木の所感を書いた。それは、戦略会議での出来事、つまり、品目の選定結果についての責任感と無力感が、森重裕之の心理に大きなダメージを与えたと考える、というものだった。

プリントアウトされた文書を読み返した空木は、この所感が必要なのか改めて考えた。第三者の調査として、客観的な事柄を報告すれば、それで探偵の役割は終わるのだと思ったが、第三者だからこその所感も、客観的な意見として必要だと思うようにした。

空木は森重勇作に連絡を入れた。勇作は国分寺の自宅に居た。

「空木さん、ありがとうございます。調査報告書は事務所に取りに伺います。空木さんのご都合さえ良かったら、今日の夕方にいただきに伺いますが、宜しいでしょうか」

空木は、勇作がまたこの事務所兼自宅に来るのか、また掃除と片付けをするのは面倒だなと思いながら、断れずに承知した。

空木の部屋のインターホンが鳴ったのは、午後四時少し前だった。空木は勇作を、二週間ぶりに片付けた事務所に通し、二週間前と同様に、紙コップに入れたインスタントコーヒーを出して迎えた。

「息子さんの容態はいかがですか」

時候の挨拶のように言ってしまった自分の言葉に、空木は少し後ろめたさを感じた。

「意識はまだ戻らないのですが、最近、手足がピクっと動く瞬間があったようで、家族みんなで、体や手足を揉んだり摩（さす）ったりしています。嫁の由美子さんも子供たちも、私の家内も一生懸命です。やっぱり、希望を持つというのは励みになるものです」

空木は、勇作の話に、改めて、時候の挨拶のように容態を聞いてしまった自分が恥ずかしく思えた。

「早く、意識が戻ると良いですね。私も近いうちにお見舞いに行きます」

空木は、そう言って勇作の前に、調査報告書の入った封筒を置いた。

勇作は、封筒を手に取って「ありがとうございます。ご苦労様でした。早速拝見させていただきます」と言って報告書を取り出し、読み始めた。

空木は、勇作が報告書を読んでいる間、ベランダに出て、煙草を吸いながらある事を考えていた。

あの転落事故が起こった日に、三ツ峠山のもう一軒の山小屋に、偽名で宿泊していた人間がいたことを話すべきかを考えていた。

森重のホープ製薬での出来事が、ある程度見えてきた段階で、空木はやはり、もう一人の登山者の存在が気になっていた。森重が登る山に、医師の名前を使って、同じ日に、同じ山にいた。これは、森重に関係のある人物が、森重に対して、何らかの目的を持っていたことを意味しているのではないだろうか。そうだとしたら、このままにしておいていいのだろうか。

西の空を見つめていた空木の耳に、「空木さん」と呼ぶ声が聞こえた。勇作が報告書を読み終えたようだった。

ベランダから事務所に戻った空木の前に、勇作が報告書を見つめて唇を噛みしめていた。

「裕之は、苦しかったでしょうね。悔しかったでしょうね。こんな事が起こっていたとは…。この部長は酷い人間だと思いますが、苦しいサインを出していた息子に、気付けなかった父親として情けない思いです。空木さん、この部長はどうしているのでしょう。何とも思っていないのでしょうか」

「わかりません」

「この部長に直接会ってはいけませんか」

勇作の目は充血し、その言葉にも怒りが滲み出ているのを空木は感じた。

「会ってどうされますか」

「……」

「ハラスメントで訴える方法もありますが、この部長は巧妙な手口で、自分は前には出ていませんし、戦略会議での決定事項も、ハラスメントとは言えませんし、会社の懲罰に係るとは思えません」

「殺したいです…」

「森重さん、馬鹿なことは考えないでください。そんなことは、息子さんは絶対に望んでいませんよ。これだけ辛抱してきた息子さんが、そんな事をして喜ぶとでも思っているのですか。父親を犯罪者にして喜ぶ子供なんていませんよ」

「しかし…。せめて裕之の前で、土下座をさせて謝らせたい」そう言う勇作の体は、小刻みに震えていた。

「森重さんの気持ちは、痛いほどわかります。時期を見て、私と二人でこの下松という部長に会いましょう。部下である息子さんの見舞いに、直接来ないということは、この部長も何らかの思いを持っているかも知れません」

「時期を見てですか。直ぐに会うわけにはいきませんか、空木さん」

勇作の昂（たかぶ）った気持ちは、収まらないようだった。

空木は、しばらく考えて、「実は、森重さんにはお話ししていなかった事があります。息子さんの転落事故に関係しているかどうかは、わからないのですが、調べたいことがあります」と切り出して、森重が転落事故を起こした前日から当日にかけて、三ツ峠山のもう一軒の山小屋の四季楽園に、偽名で宿泊していた人間がいたことを話した。

「偽名で宿泊…。その人間が、裕之の転落に関係しているかも知れない、ということですか」勇作は驚いたようだった。

「いえ、それは全くわかりません。それを調べたいということです。この事は、森重さんの胸にしまっておいてください」

勇作は、黙って頷いて、報告書を封筒に戻し、バッグにしまった。

「空木さん、この後の予定が、空いているようでしたら、どうですか一杯やりませんか。調査料は調査料としてお支払いしますが、調査していただいたお礼と、ここまでの区切りとして私がご馳走したいんです」勇作は椅子から立ち上がって言った。

「本当に良いんですか、では、お言葉に甘えさせていただきます」空木はニコッと笑って返した。

二人は、夕日に染まり始めた国分寺崖線の道を、空木の馴染みの平寿司へ歩いた。

カウンターに並んで座った空木と勇作は、ビールでグラスを合わせ、ビールから焼酎の水割り、そして冷酒へと進めた。勇作の奢(おご)りだからなのだろう。空木は、鮪の赤身と中トロの刺身を注文した。

女将が、「今日はどうしたの。いつもの烏賊刺しじゃないのね」というと、店員の坂井良子も「あ、本当だ、珍しいですね」と合わせた。

「貧乏探偵さんが、贅沢しちゃダメよ」と女将がさらに突っ込む。

「……」

「あ、もしかしたら、今日は、こちらのお客さんのご相伴なのかな。あら、ごめんなさい、余計な事言ったわね」

女将の一人舞台に、空木は言葉が出なかった。

「楽しいお店ですね」勇作は笑いながら言った。

「ええ、それもあって、この店にはよく来るんです」

「ところで空木さん、二週間で私の依頼した調査だけではなくて、もう一人の登山者がいたことまで調べたんですね。驚きました。どうやって調べたんですか」

「それは、言えませんが、人と人の繋がりとでも言ったらいいか、と思います。私一人では、やれることはたかが知れています。周りの協力で調べることが出来たのですが、これから調べようとしていることは、今までのようにはいかないと思います」

「空木さんなら大丈夫ですよ」

「偽名で宿泊することは、尋常ではないだけに、偽名を使った人間は、知られたくない筈です。そう考えただけでも、容易には判明しない筈です」

「そうかも知れませんね。齢（よわい）六十六になる私ですが、出来ることがあれば協力しますよ。いつでも声をかけてください」

「ありがとうございます。あの部長に会う時が来たらご連絡します」

「連絡をお待ちしています。ところで空木さん、もう一つお聞きしたいのですが。何故、独身なのですか」

勇作は酔いが回ってきたらしかった。

「あ、いや、それは単に縁が無かっただけですから…。特に理由があるわけではありません」

空木は酔いが醒めた。店の主人も女将も店員も、笑いを我慢しているようだった。

もう一人の登山者

秋雨前線の影響で、夜半からの雨が午前中も降り続いた。

空木(うつぎ)は、朝からずっと、これまでに面会して聞き取った手帳のメモを、改めてノートに書きだしていた。

四季楽園に偽名で宿泊した登山者に該当する条件は、森重の山行計画を事前に知ってい て、登山経験があること。そして、二年前以前の嶋村医師を、住所とともに認識している人物であることを確認した。

この三つの条件に合致する人物が、偽名で山小屋に泊まった人間である可能性が最も高い。それを何から、どのようにして調べていくのか。ここまでの聞き取りの話の中で、手掛かりになる情報がある訳ではない。調べ易いのは、嶋村医師との繋がりがある人間を、調べることだろう。嶋村医師と繋がりがあり、そして森重とも繋がっている可能性が高いのは、製薬会社の人間の筈だ。中でも、旧太陽薬品を含めた、ホープ製薬を中心に調べて、手掛かりを探るべきだ。

空木は、まず協力を申し出てくれている、ホープ製薬販売企画二課の吹山に、情報を集めてもらえないか、連絡を取ってみることにした。吹山との面会で聞いた、杏雲大学病院を担当した経験があるという菊田章には、その後、情報の詳細な確認に協力してもらおうと考えた。

空木は、吹山の名刺を取り出した。今日が、吹山の出社日なのか、在宅勤務の日なのか、わからない中で、吹山に極力迷惑を掛けないように配慮したつもりで、パソコンのメールアドレスには、依頼したい内容を書き込み、携帯のメールへは、パソコンのメールアドレスにメールを送った旨だけを送ることにした。

吹山に依頼した内容は、合併した二社の五年前までの、杏雲大学病院を担当したＭＲを調べてもらえないか、という内容だった。

正午過ぎに、空木のスマホが鳴った。吹山からの電話だった。昼休みに入るのを待って電話してくれたようだった。

「今日は出社日なので連絡が遅れました。すみませんでした。メールは拝見しました。依頼された件は、手配中です。分かり次第パソコンのメールで返信しますが、菊田さんには、連絡されたのですか」

「いえ、まだです。吹山さんから、担当されていたMRさんの情報をいただけたら、連絡してみようと思っています」

「そうですか。実は、今日社内ではオープンになったのですが、十月一日付の人事異動で、菊田さんが、森重課長の後任の課長になります」

「ほー、そうですか。それで森重課長の処遇はどうなるのですか。差し支えなかったら、教えていただけませんか」

「人事部長付になるようです」

「そのことは、ご家族はもうご存知なのでしょうか」

空木は、森重の妻の由美子と父の勇作が、それを聞いてどんな思いでいるのだろうかと、気掛かりになって聞いた。

「いえ、まだだと思いますが、詳しいことは私にはわかりません」

「そうですか。吹山さん、連絡ありがとうございました。メールをお待ちしていますので、宜しくお願いします」

礼を言って電話を終えた空木は、「森重の同期の菊田が後任か」と呟いた。

誰かが、何かの意図があっての人事だろうが、誰が菊田を推したのか、空木（うつぎ）は興味が湧いた。

空木(うつぎ)の事務所のパソコンに、吹山からのメールが届いたのは、夕方の五時を過ぎた頃だった。吹山のメールには、杏雲大学病院の五年前からの歴代担当ＭＲが、旧会社別に、現在の連絡先を含めて記載されていた。

それによれば、旧太陽薬品では、２０１６年までが菊田、２０１７年から２０１９年の合併までが江田となっていた。一方の旧ホープ製薬は、２０１６年から２０１８年の三年間が杉村、２０１９年から今に至る担当が北、となっていた。吹山のメールの最後には、「何を調べられているのかわかりませんが、また何かあったら連絡してください」と書かれていた。

空木は、吹山が空木から何の説明もないまま、依頼されたことに対して、対応してくれたことに感謝した。

メールに書かれていた四人のＭＲのうち、嶋村医師の小金井市の住所、つまり二年前の住所を知っている人間がいるのだろうか。嶋村医師が三鷹に引っ越した後に、担当ＭＲとなった北を除いた三人には確認したい。

翌日空木は、菊田章の携帯電話のダイヤルキーを押した。数回のコールの後、菊田の声がした。空木の携帯電話の番号は、菊田の携帯には登録されていないのだろう。

「もしもし、菊田です…」の声が小さかった。

「突然お電話してすみません。以前、新横浜のホテルで、森重さんのお父さんと一緒にお会いさせていただいた空木です」空木は、菊田の記憶を呼び覚ますように話した。

「あー、はい空木さんですね。ご無沙汰しています。突然どうされましたか」

課長昇進おめでとう、と言いたかったが、吹山に迷惑が掛かってはいけないと空木は思い、言葉を飲み込んだ。

「実は、菊田さんは、森重さんの事故の状況を承知しているので、ご相談したいことがあって電話させてもらいました」

そう切り出した空木（うつぎ）は、三ツ峠山に、あの日自分と森重以外にもう一人いたようだ。その人物を探しているが、その人物は偽名で宿泊していた。その偽名で使われたのが、杏雲大学病院救急科の嶋村医師で、書かれた住所は、現住所ではなく、以前住んでいた小金井市の住所だったことを説明した。

「え、嶋村先生の名前が偽名で使われたのですか」

菊田の声は、驚いて裏返ったような声になった。

「菊田さんは、嶋村先生をよくご存知なのですか」

「はい、救急科は太陽薬品の薬剤をよく使ってもらっていましたから…」

「特別親しかったとか」

「いいえ、そんなことはないのですが、大事な先生でしたから、定期的にお会いしていただけです」

「そうですか、それで嶋村先生が二年前まで住んでいた、小金井市の住所を知っていたMRがいなかったか、調べようとしているところなのですが、菊田さんを含めて、ホープ製薬の過去五年間の杏雲大学病院担当者の方の中で、知っている可能性のある方はいないか確認したいんです」

「空木さん、杏雲大学病院の過去の担当者を調べたのですか」

「調べたのは、旧太陽薬品を含めたホープ製薬だけです。他社のMRについては、菊田さんを頼りにしようかと思っての連絡でもあるのです。菊田さん、杏雲大学病院の担当は長かったんじゃないですか」

「五年余り担当させてもらいました。五年が長いかどうかわかりません。十年以上担当しているＭＲもいますからね。ところで、空木さん、今この電話で思い出して考えるには、時間的にも無理があります。どこかでまたお会いしませんか」

「私は全く構いません。というか、ありがたいぐらいです。それでいつお会いしますか」

「空木さん、少し時間をいただけませんか、改めて私から連絡する、ということでいかがでしょう」

「わかりました。そうしましょう。連絡をお待ちしています」

電話を切ろうとした空木に、「空木さん、森重の職場の調査は進んだのでしょうか。私は、知る立場にはないのですが、やっぱり気になります」

「森重さんのご家族のこともありますから、詳しいお話はできませんが、ご家族にはすでに報告させていただきました。いずれ、菊田さんのお耳にも入るかも知れません」

「わかりました。…それから、これは空木さんに伝えることではないと思いますが、十月一日付で、森重の後任として、販売企画二課の課長に異動することになりました。複雑な気持ちです。それで、森重の処遇も、私から森重の家族に伝えるようにと部長から言われています」

空木は、何をどう言っていいのか、言葉が出なかった。菊田も、森重が味わった思いと、同じ思いをすることになるのだろうか。

「菊田さん、私からは、今は頑張ってくださいとしか、あなたに言える言葉がありません」

「ありがとうございます。またご連絡します」菊田はそう言って電話を切った。

　菊田から直接に、昇進の話を聞くことになるとは思わなかった空木は、吹山から菊田の昇進の話を聞いた時以上に、誰が菊田を推したのか興味を持った。旧ホープ製薬出身の下松が、森重の後任課長に、旧太陽薬品出身で面識のない菊田を推すとは考えられない。旧太陽薬品の誰かが推したのだろう。


　その日の夜、空木はまた平寿司のカウンターに座っていた。隣には、空木に呼び出された小谷原(こやはら)が座っていた。

「小谷原さん、土曜日の夜に声をかけてしまってすみません。奥さん怒ってないですか」

「大丈夫です。空木さんから声がかかったと言えば、うちのカミさんは、全く問題無しです」

　二人はビールで乾杯して飲み始めた。

「小谷原さんが担当している営業所の管轄の病院には、杏雲大学病院も含まれているんですか」

「ええ、多摩地区全てが営業所の管轄ですから、当然含まれていますよ。杏雲大学病院がどうかしたんですか。それが今日の用件らしいですね」

「詳しい話は出来ないのですが、今、杏雲大学病院の救急科の、あるドクターと親しいMRはいないか、探したいと思っているんですが、何の手蔓もないので、小谷原さんに助けてもらおうと思ったんですよ」

　空木は、鉄火巻きと烏賊刺しを、小谷原はオードブル三種盛り合わせをそれぞれ注文し、空木は芋焼酎の水割りを、小谷原は冷酒を飲み始めた。

「そんなに都合よく助けてあげられませんよ。と言いたいところですが、うちの杏雲大学病院の担当者は、会澤と言うのですが、十年以上、杏雲大学病院を担当しているので、救急科のことも分かるかも知れませんよ」

　空木も、製薬会社のMRという職業を、二十年近く続けてきただけに、十年以上同じ医療施設を担当することは、珍しいことであることは承知している。菊田が言っていた、杏雲大学病院を十年以上担当しているMRとは、今、小谷原が言っている人物が、そのMRである可能性が高い。会ってみる価値はあると空木は思った。

「小谷原さん、出来るだけ早く、その方に会わせていただけませんか」

「出来るだけ早くですか。だったら月曜日ですね。営業所のミーティングの後に、会澤に仕事の約束が入っていなかったら、会えるでしょうから、月曜の朝、本人に確認したら連絡しますよ。ＯＫだったら立川にある営業所に、昼までに来てください」

　月曜日の朝、八時半過ぎに、空木のスマホが鳴り、小谷原から「会えると言っていますから来てください」と連絡が入った。

　小谷原が所長をしている、京浜薬品の多摩営業所は、ＪＲ立川駅の北口から歩いて七、八分のオフィスビルの中の一室だった。

　十二時を少し回った頃、空木が待っている応接室のドアが開き、小谷原と会澤が姿を見せた。

「空木さん、お待たせしました。彼が会澤です」と小谷原が紹介した。

　会澤は名刺を空木に渡し、挨拶した。

　空木も、「スカイツリー万（よろず）相談探偵事務所所長」の名刺を会澤に渡し、今日の面会の礼を言った。

「空木さん、この近くの喫茶店で、ランチでも食べながら話しませんか。私たちも、食事をしなければいけませんから、行きましょう」

「わかりました。そうしましょう」

三人は、営業所を出て、近くにある喫茶店に入った。

店は昼時で、近隣のサラリーマンで混みあっていたが、三人は四人掛けのテーブルに座ることが出来た。三人は、それぞれランチセットを注文した。

「空木さん、杏雲大学病院のことで、会澤に聞きたいことをどうぞお聞きになってください」

「ありがとうございます。では早速ですが、救急科の嶋村先生と親しい、若しくは親しかったＭＲの方をご存知なら、教えて欲しいのですが、いかがでしょう」

「嶋村先生ですか。嶋村先生は私の知る限り、製薬会社とは一線を画す性格の先生ですから、食事をしたりするような、特別に親しいＭＲはいませんでしたし、今もいないと思います。空木（うつぎ）さんが、知りたいＭＲというのは、具体的にはどの程度の親しさをイメージしているのですか」

「具体的に言えば、嶋村先生の住所を知っているレベルなんです」

「住所なら、親しくなくても知っているMRはいるんじゃないですか。私も知っていますよ」

「え、会澤さんは住所をご存知なんですか」

「ええ、確か三鷹ですよね」

「はいそうです。それは今、お住まいの住所です。会澤さんは嶋村先生の三鷹の住所をどうして知ったのですか。先生に直接聞かれたのですか」

「嶋村先生に直接聞いて、教えてくれるということはあり得ませんよ。我々は講演料、講師料の領収書、源泉徴収票に書かれる住所で知るんですよ」

会澤の話を聞いた空木は、「あ、そうか」と呟いた。確かにそれでわかる。製薬会社に在職していた自分なのに、何故それに気が付かなかったのか。しかし、そうなるとますます調べようがない。

「そうですか。そういうことで言えば、住所を知っているから親しい、ということにはならないですね」

三人は、テーブルに運ばれて来たランチを食べ終わり、コーヒーを注文した。

「嶋村先生は、三鷹に引っ越す前は小金井に住んでいたんですが、そこの住所も会澤さんはご存知だったのですか」

「いえ、当時先生が、小金井に住んでいることは知っていましたが、住所は知りませんでした」

「小金井に住んでいることは、ご存知だったのですね」

「ええ、先生と同じマンションに住んでいたMRがいたので、知ったんです」

「え、同じマンションですか。その方を教えていただけませんか」

空木は、無意識にペンを握る手に力が入った。

「えーと、彼は確か、合併してしまいましたけど、太陽薬品の菊田君だったと思います」

空木は、菊田の名前を聞いて、頭が真っ白になり、持っていたペンを落としてしまった。

「太陽薬品の菊田さんですか…」

「空木さん、知っている方なのですか」

「あ、いや…」空木は、あやふやに返したが、明らかに動揺している自分がわかる。一呼吸を置いて、腕時計を見た。

「会澤さん、もう一つ伺いたいのですが、宜しいでしょうか」

「どうぞ」

「長い間担当されている中で、会澤さんの記憶として、救急科に関連した事で記憶に残っていることなどはありませんか」

「うーん…」と呟いて、会澤は持ちかけていたコーヒーを置いて、腕組みをした。

「五、六年前にあった出入り禁止事件ですね」

「出入り禁止事件ですか。それはどんなことだったのですか」

「救急科に対して、ある製薬会社が依頼した臨床研究で、当時の医局長だった嶋村先生を怒らせてしまって、それが教授にも知れて、その会社が出入り禁止になったんです。それを事件と称しているのですが、それがうちのライバル製品だっただけに、私にはラッキーでしたからよく覚えています。ホープ製薬も直ぐに担当者を替えたんですが、一年間は出入り禁止になっていましたね。今は普通に出入りしています」

「ホープ製薬ですか…。その担当MRの名前は憶えていますか」

「頻繁に救急科に来ていたMRではなかったので、覚えていません。よく来ていたら嶋村先生にあんなこと言いませんよ」

時刻は午後一時前になり、三人は店を出た。

「空木さん、会澤の話は、少しは役に立ちましたか」

「大いに役立ちました。小谷原さん忙しい中、時間を割いていただいてありがとうございました」

空木は、二人に礼を言って頭を下げ、店の前で別れた。

立川駅に向かって、モノレール線の下の広い歩道を歩く空木の胸に、菊田への疑問が渦巻いていた。

天気の良さも加わって空木の足は、右へ折れて国営昭和記念公園へ向かって歩き始めていた。月曜日で公園へ向かう人通りは少なかった。空木は、閑散とした公園までのアプローチを歩き、富士山の見える記念館の屋上の庭に立った。富士山は霞んで見えなかった。

菊田は、何故、嶋村先生と同じ小金井のマンションに住んでいたことを、言わなかったのか。考えられることは、言えば自分が疑われると思ったからか、若しくは、偽名を使って宿泊した本人だからなのか。本人だとしたら、何のために三ツ峠山にいたのか。また「会いましょう」と言っていたが、果たして菊田から連絡が来るのだろうか。

空木は、菊田の携帯電話に「電話をいただきたい」のメールを送信して、菊田からの連絡を待つことにした。

菊田から電話が入ったのは、空木（うつぎ）が立川駅のコンコースに入った時だった。

「空木さんですか、菊田です、何か…」

「忙しいところすみません。偽名の宿泊者の件なのですが、今日、ある方から聞いたのですが、菊田さん、あなたは以前、嶋村先生のマンションと同じマンションに住んでいたようですね。何故、言ってくれなかったのですか。まさか、四季楽園の宿泊者は菊田さん、あなたではないでしょうね」空木は、一気に話した。

「空木さん、どこで調べられたのかわかりませんが、確かに先生と同じマンションに住んでいました。言わなかったことはお詫びします。でも宿泊したのは絶対に私ではありません。信じて下さい」

「何故、言ってくれなかったのですか」

「その理由は、お会いした時にお話ししますから、もうしばらく連絡を待っていて下さい。必ず連絡します」

「わかりました。じゃあ、連絡を待っています」

空木は、電話を切って、改札口へ向かって歩いた。菊田の言う「理由」とは何だろう。直ぐに会えない理由とは何だ。

次に、菊田から空木に連絡が入ったのは、それから二日経った水曜日の午前中だった。

「空木さん、一昨日は失礼しました。急な話で申し訳ないのですが、今日の三時に三鷹駅でお会いできませんか。ついでというと空木さんに失礼なのですが、森重のご家族に、森重の人事の件を伝えに行きますので、その用件が済んだ後に、お話ししたいのですが、いかがですか」

「森重さんの奥様に、病院で会われるのですね。わかりました。三鷹駅で三時に会いましょう。お待ちしています」

空木が、三鷹駅の改札口を出た時には、菊田はスーツ姿で、左手に書類カバンを持った姿で待っていた。電話で話はしているものの、菊田と会うのは、新横浜のホテルで会って以来だ。

空木は以前、吹山健一との面会で入ったコーヒーショップに菊田とともに入り、アイスコーヒーをプレートに乗せ、奥の席に座った。

「菊田さん、例の理由（わけ）を聞かせていただく前に、森重さんの奥様はお元気でしたか」

「変わりはないように見受けました。森重の人事を伝えてから、私が森重の後任になることを伝えましたが、落ち着いて聞いてくれて、「頑張って下さい」と励ましてくれました。

それと、最後に「主人の職場には、魑魅魍魎（ちみもうりょう）がいるようです。気を付けてください」と言われました。奥さんから、そんな言葉を聞くとは思っていなかったので、びっくりして、返す言葉がありませんでした」

「そうですか」

空木は、父の勇作が森重の奥さんに、自分が調べた調査報告書を見せたのだろうと想像した。

「空木さん、空木さんに嶋村先生の小金井のマンションの件では、黙っていたことはすみませんでした」菊田は頭を下げた。

「自分が疑われるのが嫌だったのですか」

「それもありましたけど…。あの時、心当たりが浮かんだのです。それは、確かなものではなかったので、空木さんに話すべきではないと思い、自分で調べてみて、それから話そうと思ったのですが、空木さんが、まさかこんなに早く、私が住んでいたことを知るとは思っていなかったので、びっくりしました。どこで調べたのですか」

「どことは言えません。十年以上担当していた方から、と言っておきます」

「…それは会澤さんですか。会澤さんをどうやって探したのですか」

「それも言えません。それより心当たりというのは、どういうことなのですか。話していただけるんですよね」

菊田は、「はい」と言って頷いた。空木は手帳を手に取った。

「浮かんだのは、国崎さんでした」

「え、国崎さん。課長の国崎さんですか。何故、国崎さんが浮かんだのですか」

「嶋村先生の名前を、わざわざ偽名に選んだことと、小金井のマンションの住所を使っていたことで浮かんできました。ただ、どうして嶋村先生の小金井の住所を知ったのか、森重が三ツ峠山へ行った二日間の休暇をどう知ったか、そして、この二日間どうしていたか、山行の計画をどのように知ったかを調べたかったのです」

菊田は、アイスコーヒーを飲んで、さらに話を続けた。菊田の推測はこうだった。

杏雲大学病院救急科の嶋村保博医師の名前を偽名に選び、小金井の住所をマンション名まで記載したのは、先生と自分への、国崎の恨みではないかと考えた。六年前、ホープ製薬が救急科を出入り禁止になった時の担当MRは、国崎だったことを菊田は記憶していた。嶋村先生を怒らせた理由を、菊田も詳しく知っている訳ではないが、救急科に依頼していた臨床研究が終了した後、多額の寄付金で、他社の処方を自社に変えてもらおうとして、嶋村先生の逆鱗に触れたらしい。その時、菊田が嶋村先生と同じマンションに、住んでいることをどこで知ったのか、国崎は菊田と嶋村先生が親しいと勝手に思い込んで、とりなしてほしいと頼んできた。菊田は、それは出来ないとあっさり断った。この件で、国崎は、杉村というMRに担当を交替することになった。MRにとっては、屈辱の交替であった。

次に、国崎がどのようにして嶋村医師の当時の住所、つまり小金井市南町の住所を知ることが出来たのか、だった。

嶋村先生が、国崎が大学病院を担当している当時、自宅の住所を国崎に教えることは考えられない。考えられる事は、講師料、原稿料の支払いに伴う領収書、若しくは、源泉徴収の支払い調書に記載されている住所で知ることだ。

国崎の担当している期間には、知る機会がなかったとしたら、後任にその機会がなかったか、確認するのではないか。若しくは、経理の源泉徴収支払調書の担当者に嶋村保博への支払いがあったか、どうかを直接確認する方法をとるか、どちらかではないかと考えた。そこで、まず経理の女性担当者に、嶋村の名前で調べて欲しい、という依頼がなかったか確認したが、該当するような依頼はなかったとの答えだった。

次に、もう一つの方法の、後任者に確認していないかだ。国崎は、嶋村先生が二年前に、三鷹へ引っ越ししていることは、知らなかった筈だが、結果的には、二年前までの住所を知ることになった。ということは、二年前から担当となっている、現在の担当者ではなく、二年前までの担当者から、そして聞き易い旧ホープ製薬の担当者から知ったと仮定すべきだろう。

国崎の後任の杉村とは、菊田も一年間病院の担当が重なったこともあり、面識があった。菊田は、その杉村に連絡を取って、確認をしたところ、やはり国崎から確認の電話があり、以前、嶋村先生を社内講師で招聘した際に、記録していた住所を教えたという答えだった。これで国崎は、嶋村先生の小金井の住所をマンション名まで知ることが出来たことが確認できた。

次に、森重が三ツ峠山へ行った、九月第一週の木曜、金曜の二日間の所在の確認だった。三ツ峠山の山小屋に泊まったのが、国崎であることを証明することは難しいだけに、その二日間は会社には出社していなかったこと、つまりアリバイがないことを確かめることしか出来なかった。

新型コロナ対策の一環として、七月以降のホープ製薬本社の社員は、一般職が週三日、管理職が週四日の出社が原則となっていたことから、菊田は、販売企画二課の課員に、九月の第一週の木曜、金曜の国崎の出社の確認をしたが、明確な答えは得られなかった。ただし、一人から、時期は忘れたが、他部の人間が国崎課長を訪ねてきた時、一課の誰かが、今日と明日の二日間お休みです、と言っていた記憶があると聞けた。

後は、森重の休暇予定日をどのようにして知ったのか、山行目的地が三ツ峠山であることを、国崎が知る機会があったかどうかであった。

この確認も難しいことだった。森重が直接、国崎と山行予定の話をしているか、第三者を通じて国崎に伝わったのかだろうと思うが、休暇予定日を事前に承知していたのは、森重の上司である下松部長と、部下である二課の課員たちだったが、それが国崎に伝わったのかどうか、確認は取れなかった。

山行予定については、二課の課員たちは誰も聞いていなかった。結局、国崎が森重の休暇予定日と、三ツ峠山への山行を知り得たという確認は取れなかったが、菊田は、嶋村医師の名前を使って宿泊した人間は、国崎だと確信した。

静かに菊田の話を聞いていた空木は、メモを取っていた手帳を置いて、アイスコーヒーを一口、二口飲んだ。

「菊田さん、凄いですね。見事な推理と調査です。探偵顔負けです。国崎さんは、私の調査期間より前に、杏雲大学病院を担当したことがあったのですか。山登りも趣味ですし、私も国崎さんが、偽名を使った宿泊者に極めて近い人物だと思います」

「国崎さんは、山登りが趣味なのですか。知らなかったです。空木さんは、それをどこで調べたのですか」

「国崎さんが、森重さんの見舞いに行った時に、お父さんの勇作さんに、山が趣味だと言っていたと聞きました。その時には、三ツ峠山には登ったことはないと言っていたそうですから、決定的な確認を取らない限り、本人は認めないかも知れませんね」

「そうですか…。しかし、何故、森重に黙って、しかも偽名で三ツ峠山へ登ったんでしょう。何のためだったんでしょう」

「わかりません。偽名で泊まった本人の口から聞くしかないでしょうね」

「まさか、森重を突き落とすために登った…」

菊田の言葉を聞いた空木は、森重を突き落とすため、つまり殺すために登ったとしたら、殺人を犯す動機がなければならない、と思った。

「菊田さんに、森重さんが突き落とされる心当たりのようなものがありますか」

「いえ、心当たりなんかは全くありません。ただ、別の事で少し気になることがあります」

「気になること?」

「ええ、一昨日、推進部長の古河部長に声を掛けられて、昼食を一緒にした時に、部長が、森重にはある事を調べて貰っている途中だった、という話をされまして、それが何なのかわかりませんが、他部署の部長から頼まれる調べものとは何だろう、と思いまして気になっているんです」

「どんな事を調べているのか、言ってくれなかったのですか」

「私も、そこまで言うのなら、言ってくれるのかな、と思いましたが、結局何も話してくれませんでした。森重が、ああいう状態ですから、部長は気遣いされているのかも知れません」

「その古河部長という方は、こういう言い方は失礼かも知れませんが、森重さんやあなたの力量というか、能力をかなり評価されていて、俗っぽく言えば、あなた方を引き上げてくれた方なのではないですか」

「…。どの程度の評価をしていただいているかはわかりませんが、古河部長が私や、森重には、意識して声を掛けていただいていると感じます。今回の私の課長昇進も、古河部長の推薦があったと思います」

空木は、森重の後任に菊田を推した人間は、古河という部長だと理解した。旧ホープ製薬出身の下松販売企画部長と、旧太陽薬品出身の古河営業推進部長の軋轢（あつれき）が、下松部長の森重へのあの一連の行為に、繋がったのではないかと空木は推測した。そして、森重の後任に、菊田を持ってきたということは、森重が調べていた何かを、古河は菊田に続けさせようとしているのではないだろうか。

「空木さん、僕は国崎さんの写真を、車内でスマホで撮っているんです。近いうちに三ッ峠山に登って、確認してくるつもりです。山小屋の主人が、偽名で泊まった客の顔を覚えていれば、決定的な証拠として、国崎さんを問い詰めます。何故、三ッ峠山に登ったのか」

菊田の目は、厳しく、真剣だった。

「その時は、私も同席させていただきたいものです」

「ご連絡します」

二人のアイスコーヒーの氷は、完全に溶けて、温（ぬる）く薄いコーヒーになっていた。空木は、国崎がもう一人の登山者だとしたら、何のために登ったのか、増々大きな疑惑として、頭の中を駆け巡った。

扇山(おうぎやま)　梨の木平

数日後の昼、空木(うつぎ)のスマホが鳴った。

森重の父の勇作からの電話だった。

「もしもし空木です。ご無沙汰しています。お変わりありませんか」

入院している息子のことは聞かなかった。

「はい、お陰様で変わりはありませんが、ホープ製薬の国崎さんから電話がありました」

「奥さんの由美子さんではなくて、森重さんに電話ですか」

空木の疑惑の中にいる国崎が、森重の父親に電話をかけてきたことに、空木は少なからず驚いた。

「私に話したいことがあるそうで、会いたいと言ってきました」

「お父さんに話したいことがある？　それでいつ会うのですか」

国崎が言う、話したいこととは、一体何だろうと思いながら、空木は聞いた。

「今週の土曜日に、扇山で会います」

勇作の声は、空木には不安げに聞こえた。

「扇山というのは、中央線の鳥沢駅から登る扇山ですか」

「そうです。その扇山です」

「何故、そんなところで会おうと言っているんでしょう」

「誰にも邪魔されないところで話したいということでした」

「誰にも邪魔されない場所なら、他にも近くでたくさんあるのに、どうしてまた扇山なのか…」

「富士山が見えて、頂上も広々として好きな山だそうで、そこで何もかも話したいと言っていましたので、行くと返事をしました」

「向こうがそう言うなら仕方ありませんね。それで何時に扇山ですか」

「十二時に頂上ですが、私にだけ話したいと言っていますので空木さんの同席は、まずいです。私一人で行きます。扇山には登ったことはありますから、大丈夫です。いずれにしても、裕之に関する話に間違いないでしょう。話の内容は空木さんに必ずお伝えしますから心配しないでください」

「わかりました。気を付けて行って来てください。何かあったら、直ぐに連絡して下さい」

　勇作との電話を終えた空木は、また考えさせられた。国崎が森重の父、勇作に話したいことがあるというのは、勇作が想像している通り、息子の裕之に関することだとしたら、何故妻の由美子に話さずに、父である勇作にだけ話したいと言うのだろうか。指定した山で話したいから、由美子ではなく、山が趣味の勇作だけを指定したのか。それとも、勇作が山に登れるからこそ、山を話す場所に選んだのかも知れない。いずれにしても、勇作にだけ話したいという、国崎のその意図が、空木（うつぎ）には腑に落ちなかった。

　翌日の水曜日、空木は好天に誘われるように、久し振りに近場の山の一つの、権現山（ごんげんやま）に登ることにした。

　ＪＲ中央線の猿橋駅から浅川行の富士急行バスで三十分、終点のバス停の浅川からスタートする。十五分ほどの林道歩きから山道に入る。コナラなどの広葉樹林と杉、ヒノキの針葉樹林が入り混じる道を気持ちよく登り、バス停から五十分弱で浅川峠に到着する。この峠を南に行けば、一時間弱で扇山に到着する。空木は峠を北へ向かい、二十分程で始まる急登に喘ぐ。一時間程喘いだら、標高一三一二メートルの権現山山頂に到着した。コナラの木が目立つ狭い山頂だが、眺望は絶景だ。

北は、近くに三頭山（みとうさん）、御前山（ごぜん）、大岳山（おおだけさん）の多摩三山が、遠くに雲取山を望む。南は、近くに扇山、百蔵山（ももくらやま）、遠くに御正体山（みしょうたいやま）と三ツ峠山に挟まれて霊峰富士山が見事な姿を見せている。その絶景を独り占めしていた山頂に、東側からのルートからハイカーが一人登ってきた。

この男性も、山頂からの眺望に感嘆の声を上げて、先客の空木（うつぎ）に「素晴らしい絶景ですね。来て良かった」と話しかけてきた。空木も「ラッキーですね」と応じた。

空木は改めて、山の頂上で味わう気分は、やはり気持ちを高揚させるのだ。国崎が、扇山で話したいというのも、そういうことなのだろうかと想像した。

何故高揚するのか、苦しい登りを登り切った満足感なのか、眺望の素晴らしさの感動なのかわからないが、生きている実感として、それを肌で感じる瞬間だからではないかと空木は思う。

あの三ツ峠山の絶景を前に、森重は転落してしまった。不慮なのか、自らなのか、故意なのかわからないが転落してしまった。

空木は、要害山（ようがいさん）に向けて下り、ＪＲ上野原駅から国立駅への帰路に就いた。

山登りの後の、空木の楽しみの平寿司には、金木犀の香りがほのかに漂う中、西の空が夕焼けに染まる時間に暖簾をくぐった。

「いらっしゃいませ」の女将と店員の坂井良子の声に迎えられ、カウンター席に座った。

空木が、ビールから焼酎の水割りに変えた頃に、高校の同級生で国分寺署の刑事の石山田（いしやまだ）巌（いわお）が店の戸を開けた。

「よ、健ちゃん久しぶりだね。その姿格好は山帰りか」石山田はそう言いながら、空木の隣の席に座り、ビールを注文した。

「巌ちゃん、係長昇進おめでとう。昇進祝いだ、今日は俺が奢るよ」

「そうか、それはありがたい。人よりは随分遅い昇進だけど、健ちゃんにそう言ってもらうと気分は良いよ」

石山田はニコニコしながら、「それでは」と言って、中トロとしめ鯖の刺身と鉄火巻きを注文して、ビールを立て続けにコップで二杯、三杯喉を鳴らしながら飲んだ。

「ところで健ちゃん、あの偽名の調査は進んだのかい」

「あの件では、巌ちゃんには、世話になったね。お蔭さんでおよその見当はついた」

「そうか、さすが探偵さんだ。しかし、その言い方からすると、突き止めた訳ではなさそうだね」

「さすがに警察ではないからね。そこが難しいところなんだ。ただ、近いうちに決定的な証言が取れるかも知れないけどね」

「決定的な証言って何」

「協力してくれている人が、顔写真を持って泊まっていた山小屋に行くそうなんだ」

「なるほど、それで証言してくれれば、確定するという訳か。それで、どうするつもりなの」

「何故、偽名を使ってまでして、あの日、あの山に行っていたのか問い詰めることになると思う」

「…。健ちゃん、それは気を付けた方がいいよ」

「気を付ける…」

「そう。窮鼠猫を噛むって言うだろう。もし、万が一その人間が、転落した人に何かしていたら、事件になるんだよ。その人間にしたら、転落した人が死んでくれればいいが、もし意識が戻ったら、その人間にとってはどうなると思う」

「傷害事件の加害者ということか」

空木はそう言った後、少し酔いが回ってきた頭で考えを巡らせた。

国崎は、森重が死んでくれることを願っているのだろうか。もしも、国崎が偽名で宿泊した人間だとして、疑われていることを知ったら、どうするだろう。もしかしたら、国崎が森重の父、勇作に会う目的の一つは、入院している息子の病態を知りたいのではないだろうか。国崎の真の目的はわからないまでも、国崎自身に疑いがかかっていることを知ったのかどうかは重要だ。

翌日、空木は菊田の携帯に「連絡がほしい」とだけのメールを送った。昨夜、酔った頭に過ったことを確認するためだった。

今日は在宅勤務だという菊田から、直ぐに電話があった。

「菊田さん、国崎さんとその後、何かお話しされましたか」

「話と言うと…」

「例えば、三ツ峠山の話とか、嶋村先生の話題を出すとか、国崎さん自身が、偽名の宿泊を疑われていることを感じるような会話をしていませんか」

「そんな話はしていませんが、「国崎さん山登りがお好きなそうですね」と声をかけました」

「その時の、国崎さんの反応は、どうだったんですか」

「山の話になるかと思って声を掛けたのですが、国崎さんからは、「誰から聞きました」という反応で終わりました」

「菊田さんは、どう答えたのですか」

「ある人から聞きました、と答えました。当たり前ですが、空木さんの名前は出していません が、何かあったのですか」

「いえ、特別何かあった訳ではないのですが、少し気になることがあって、確認したかっただけです。お仕事中にすみませんでした」

電話を終えた空木は、ベランダに出てどんよりした空を見上げ、煙草を吸いながら考えた。

菊田は、自分の名前は口に出さなかったと言っていたが、国崎にとって面識のない空木の存在は、意識の中には無い筈だ。国崎が、自分の登山の趣味を、誰が菊田に話したのか考えるとしたら、誰を思い浮かべるのだろうか。

空木の限られた情報の中では、国崎の趣味を知っているのは、恐らく上司である下松部長と部下たち、そして入院している森重とその家族。もし、森重の父の勇作から、菊田が聞いたと考えたとしたら、勇作が自分を疑っていると思ったら、どうするのか。疑いを晴らそうとするのか、調査を止めるようにお願いするのか、いずれにせよ、直接会おうとするのではないか。話の中身によっては、勇作は国崎に殴りかかったりしないだろうか。

空木は、土曜日の十二時、扇山の山頂で勇作には内密に二人を待つことに決めた。空木の仕事ではないことは承知しているが、息子を思う勇作の気持ちを考えると、空木はじっとしている訳にはいかなかった。

土曜日は快晴とまではいかなかったが、登山にはまずまずの天気となった。

扇山への登山ルートは東西南北、四方向からある。空木は、勇作と顔を会わせないように、北側から頂上へ向かうルートを選んだ。勇作も国崎も、恐らく鳥沢駅から梨の木平を経由して頂上へ向かう、南側ルートを使うだろうと推測したからだった。

鳥沢駅から梨の木平までがおよそ五十分、そこから頂上までがおよそ八十分、休憩を入れて合計二時間半の行程だろう。頂上に約束の時間の三十分前の十一時半頃に着くためには、鳥沢駅を九時頃にスタートする筈だが、国崎は早めに到着しようとするのではないか。それらを考えると、空木は扇山の山頂に、午前十時半から十一時の間に着いていたいと考えていた。

水曜日に続いて今日も空木は、猿橋駅から浅川行の富士急行バスで終点まで行く。終点のバス停から、浅川峠まで約四十分で到着、水曜より少し早い、気持ちが知らないうちに急いているようだ。権現山への登山道を左に見て、南の扇山への登山道を行く。

空木は、予定より少し早い十時五十分に、標高一一三七メートルの扇山山頂に着いた。ハイカーは既に三人がいた。若い男女のペアが一組、高齢の男性が一人。空木は国崎に面識はないが、勇作は勿論、国崎らしき人物もいなかった。ペアの二人は雪を被った頭を覗かせている富士山をバックに、スマホで自撮りしている。

空木は、広い頂上の東の隅に置かれた、丸太で作られたベンチに陣取り、登ってくるハイカーに目をやりながら、湯を沸かし昼食の準備をした。

十一時を過ぎたあたりから、グループのハイカーが一組、また一組と登ってくる。扇山は手軽に登れ、眺望も良いことから人気の山の一つであり、山梨富嶽十二景にも選ばれている山だ。

単独のハイカーが登ってきた。辺りを見廻している。空木の方に向かって歩いてくる。隣の丸太のベンチにザックを置いて座った。年齢は、空木と似たような印象を受ける。空木も国崎の顔がわからないが、国崎も空木の顔を知らない。隣に座った男が国崎だとすると、勇作はどうするだろう。平然としてくれていればいいがと思いながら、空木はラーメンを大急ぎで食べ終えた。時計は十一時半を回った。隣の男も昼食を食べ始めた。

勇作が、予想通りの時刻に、予想通りのルートから山頂へ登ってきた。ザックを担いだまま、辺りをキョロキョロと見廻している。空木の方に、隣の男の方に向かって、勇作は歩き始めていた。

空木は、背を向けて煙草に火をつけ、立ち上がって離れた。少し離れたところから振り返ると、勇作はまた辺りを見廻し、ザックを肩から外そうとしていた。どうやら隣の男は、国崎ではなかったようだった。

空木は、煙草を持ったまま、勇作に近づき「森重さん」と声を掛けた。

「空木さんじゃないですか」勇作はびっくりして目を丸くした。

「国崎さんは、まだ来ていないようですね。私は向こうの隅にいますから、無視して国崎さんと会って下さい」空木はそう言って、勇作から離れ、元の丸太のベンチに座った。

勇作は、空木から十メートル程離れた丸太ベンチにザックを下ろした。勇作が到着してから、十分、二十分と時間が経っても、勇作に動く気配は見られなかった。その間に勇作は昼食のおにぎりを一個、二個と食べた。時計は十二時を指していた。勇作は、空木の方を見て首を振った。

中年の女性三人組が登って来た。

「まだ、来ないのか」空木は呟いて立ち上がり、勇作の方に歩いて行った。

「遅いですね」空木が勇作の横に立って、座っている勇作に言った。

「どうしたんでしょう。私より早く着いていると思っていましたが、それどころか約束の時間に来ないというのは、何かあったのでしょうかね」

勇作も立ち上がって、山頂への登山道に目をやった。

「森重さん、国崎さんに連絡する方法はありませんか。ここなら携帯の電波も入りますから繋がりますよ」

「先日、国崎さんから連絡が入った時の番号が、国崎さんの携帯からだったと思いますからかけてみます」勇作はそう言って、スマホをザックから取り出してボタンを押した。

呼び出し音が空木の耳にも聞こえた。勇作は、四回、五回と続く呼び出し音が鳴るスマホを耳に当てているが、呼び出し音が止まる気配はない。

勇作は空木を見て、また首を振ってスマホを耳元から下ろした。

「森重さんどうしますか。もうしばらく待ちますか」

「もうしばらく、十二時半まで待ちます」勇作は腕時計を見て言った。

空木は、自分のザックを置いているベンチに戻り、登山道の方向を見続けた。時計は十二時半を過ぎたが、単独行のハイカーは誰一人登っては来なかった。空木は、ザックを肩に担ぎ、勇作の座っているベンチに歩いた。

「空木さん、来そうもないです。どうしましょう」

勇作は空木を見上げた。

「森重さん、梨の木平まで下りて考えましょう」

下山することにした二人は、午後一時半頃、梨の木平に到着した。

梨の木平は、この辺り一帯の山椒林を管理するための管理小屋や、トイレがあり、扇山の登山ベースにもなっていて、道路を隔てた向かい側にはゴルフ場がある。

「森重さん、ここからもう一度国崎さんの携帯に電話してみて下さい」

空木はザックを肩から下ろし、煙草を取り出してベンチに腰を下ろした。

勇作のスマホから呼び出し音が聞こえて来た。その時、空木（うつぎ）の耳に後（うしろ）から携帯電話の着信音のような音が、聞こえて来た。空木は、ハイカーが下りて来たのか、振り返ったが気配は無かった。着信音らしき音は、鳴り続けていた。空木は、音の鳴る方向を目で追った。グレーの三十リットルぐらいの大きさのザックが、今は使われていない、崩れかけた休憩小屋の前のベンチの脇に置かれているのが目に入った。空木がそのザックに近付くと、着信音は止まった。

空木が勇作を見ると、首を左右に振った。

「森重さん、もう一度かけてみてください」

空木は、煙草を携帯灰皿に始末して、置かれているグレーのザックの前に立った。数秒後、ザックの中から携帯電話の呼び出し音らしき音が鳴り始めた。

空木は勇作に手招きをした。勇作もグレーのザックに目をやり、誰のザックかな、というように周囲を見廻した。

「森重さん、電話を切ってください」

勇作が電話を切ると同時に、ザックから聞こえていた着信音らしき音も止んだ。空木は周囲を見廻しながら

「森重さん、このザックは、国崎さんのザックかも知れませんね」

そう言って、崩れかけた小屋を覗き込んだ。その瞬間、空木は「あっ」と声を上げた。

「どうしました、空木さん」

「あそこ」と言って、空木が指差した先には、梁から垂れ下がったロープのようなものを、首に巻いた男が壁を背にして凭れかかる様に、床に座っていた。

二人は、座っている男に「どうしましたか」と声を掛け合いながら、瓦礫だらけの小屋の中に入って行った。

目を見開いて全く反応しない男を見て、勇作が空木に言った。

「空木さん、この人国崎さんによく似ています。一度病院でお会いしただけなので、はっきりとは言えませんが、この方だったと思います」

空木は、座っている男の鼻先に手の甲を当て「息がありません。警察に連絡しましょう」そう言って自分のザックまで走った。

「自殺ですかね」

警察への連絡を終えた空木に勇作が話しかけた。その声は微かに震えているようだった。

「そうみたいですね」空木はそう言いながら、座った状態で首が吊れるものだろうかと自問していた。

サイレンを鳴らして、パトカー、警察車両、救急車が到着したのは空木が通報してから二十分程してからだった。

その間に空木は、国崎と思われる男性の写真を、不謹慎と思いつつスマホに収めていた。

パトカーから下りて来た刑事らしき男たちの中の一人が、空木たちに近づいて来た。

「大月中央署の西島と申します」

警察証を、空木と勇作に見せた。

「通報して頂いたのは、あなた方ですか」と言って、空木と勇作が「はい」と言って頷くと、西島は死体発見までのあらましを、二人から聞き取って手帳に書き留めた。

「あの遺体の男性が、国崎という男性だとしたら、お宅はあの方と扇山で会う約束をしていた、ということですか」西島は勇作を見て確認するかのように聞いた。

「はい、その予定でした」勇作は落ち着いた声で答えた。

遺体を検分していた鑑識課員が、西島を「係長」と言って呼んだ。

西島は小屋に入った。鑑識課員の男は、遺体の横にしゃがんだ。

「係長、縊死（いし）に見せかけた絞殺と思われます。見て下さい。首に着いたロープの索状痕（さくじょうこん）と、この吉川線（よしかわせん）がそれを裏付けています。死後四、五時間だと思われます」

吉川線とは、被害者の首に自らがつけたと思われる傷の事で、絞殺殺人を示す事象だ。

遺体は、救急車で山梨大学医学部に搬送され、司法解剖される。遺留物のザックと、遺体の首に巻かれていたロープは、大月中央署に運ばれ、ザックの中身から身元を調べることになる。

西島は、再び二人のところまで近寄って来た。

「他殺、殺人と思われます。お二人には、詳しい話を聞かせていただきたいのですが、遺体の身元が判明するまでには、そんなに時間はかからないと思いますから、署までご同行をお願い出来ますか」

空木は、勇作を見て「殺された…」と呟き、そして西島に顔を向けた。

「遺体の身元が国崎さんだと判明したら、改めて警察に呼ばれることになるのですか」

西島は黙って頷いた。

「森重さん、行くしかありませんね、行きましょう」

空木と勇作は、ザックを肩にかけてパトカーに乗り込んだ。

「空木さんが一緒で良かった」勇作はポツリと言った。

大月中央署に着いた二人は、小会議室に案内された。会議室には係長と呼ばれていた西島の他に二人の刑事が同席した。

空木は、西島に「スカイツリー万相談探偵事務所　所長」の名刺を渡し挨拶した。

西島は「探偵さんですか。何故、探偵のあなたが、事件の現場に居ることになったのですか」と名刺を手にしながら言った。

「事件に遭遇してしまったのは、全くの偶然ですが、森重さんの知り合いとして、国崎さんとの面会に同行させてもらったのです」

「国崎さんと面会ですか。遺留物から先程身元が判明しまして、遺体は国崎英雄さんでした。今、ご家族に連絡を取っているところです。国崎さんが会う予定だったのは、森重さんと空木さんのお二人だったのですか」

「私と会う予定でした。扇山の山頂で十二時が約束の時間でしたが、来ませんでした」勇作は、空木に確認するかのように見てから言った。

「ああいうことになった訳ですから、山頂に行きたくても行けなかったということですね。ところで、国崎さんとは、どういう関係なのですか」

「ホープ製薬という会社の方で、息子の会社と同じ会社の方です」

「そうですか。お二人には申し訳ないのですが、これからは被害者の関係者として、別々の部屋でお話を聞かせていただきますので承知してください」

西島の口調は、二人に異議を許さない雰囲気だった。

時刻は、午後四時になろうとしていた。空木と勇作は、それぞれ別の取調室で、二時間近くに渡って聴取を受けた。

勇作は、国崎との関係から始まり、扇山の頂上で国崎と会うことになった経緯と、面会の目的を聞かれたが、刑事が納得する答えが出来る筈もなかった。

自殺に見せかけた絞殺だけに、鳥沢駅からの出発時刻、梨の木平の到着時刻、周辺の状況、登山中に出合った人間の有無などを事細かく聴取された。そして、空木との関係についても、詳細に説明を求められ、息子の三ツ峠山での転落事故から、調査を依頼することになった経緯を説明した。

一方の空木も、勇作との関係から始まり、今日までの経緯、面識のない国崎との関係と、扇山に登ることになった理由を求められたが、空木も刑事たちがなるほどと思うような答えは難しかった。特に、同行すると言いながら、勇作とは別のルートで扇山に登ったことについては、刑事たちは首を捻るばかりだった。

西島は、聴取の終わった二人に、「お疲れ様でした。長い時間すみませんでした。なにせこの辺りではめったにない事件ですから、勘弁してください。ただ、お二人には、またお話を聞かせてもらうことがあるかも知れませんので、承知しておいてください。特に、森重さんは所在を分かるようにしておいてください」と二人の顔を交互に見て言った。

「刑事さん、それは森重さんに、容疑がかかっているということですか」

「いえ、そういう訳ではありませんが、被害者は自殺に見せかけられての殺人ですし、森重さんに会おうとしていたことは事実なようですから、今のところ被害者の関係者としては、森重さんが最も重要な関係にあると言わざるを得ないのです。ご理解いただけますね」

西島の口調は、反論を聞く耳はないと言っているようだった。

「大丈夫です。私は、退職して仕事もしていませんから、所在をはっきりさせるのも簡単ですし、いつでも連絡していただければ、大月まで来ます」

勇作は、西島ではなく、空木に顔を向けて答えていた。

二人が、大月中央署を出た時、山に囲まれた大月は、すでに薄暗かった。勇作は、大月から帰る電車の中で、聴取の時に気付いたある疑問を空木に話した。

「国崎さんが、私の携帯電話の番号をどこで知ったのか、不思議なのです。由美子さんが教えたんだと思っていたら、由美子さんは覚えがないと言うんです。どこで知ったのでしよう」

「……」

「それと、私に話したかったというのは、一体どんな話だったのか」

「…。森重さんにはお話ししていなかったのですが、国崎さんは、三ツ峠山にあの時泊まっていた人物かも知れないのです」

「国崎さんが…」

「あくまでも、可能性があるというだけですが、もし国崎さんだとしたら、森重さんに話したかったことは、そのことに関することではなかったか、と思っています」

二人は、暗くなった電車の窓外を黙って見つめた。


大月中央署の大会議室のドアの横には、「扇山　梨の木平殺人事件捜査本部」と戒名が書かれた紙が貼られていた。

大月中央署の署長を本部長として、山梨県警本部からの応援も含め、総勢二十名を超える刑事たちが集められ、午後七時から捜査本部会議が開かれた。

会議は、鑑識結果、司法解剖結果、初動捜査、そして関係者となった森重と空木からの聴取内容が報告された。

報告は、国崎の年齢、住所、勤務会社の紹介から始まった。死因は、七、八ミリの太さのロープによる絞殺で、二度締めしたと思われる濃淡二重の索状痕（さくじょうこん）とともに、吉川線を残した被害者自身の爪に残った皮膚は、被害者自身のものだった。使われたロープは、登山でよく使われるザイルロープで、比較的新しく、長さは六メートルと報告された。

死亡推定時刻は、十月十日土曜日、午前九時過ぎから十時の間と推定され、胃の内容物からは、白米の他、海苔、シャケ、昆布が、ほぼ未消化で残されていたことから、現場でおにぎりの様なものを食べた直後に殺害されたと思われると報告された。

初動の捜査報告では、鳥沢駅に何時に降りたのかは確認出来ていないが、駅からおよそ百メートル西にあるコンビニの店内カメラに、国崎英雄らしきハイカー姿の男が、ペットボトルとおにぎりの様なものを購入している姿を確認した。時刻は午前七時五十分で、レジの記録からその時刻に、五百ミリリットルの水のペットボトルと、シャケと昆布のおにぎり各一個の売り上げが確認されたことから、国崎が購入したことにほぼ間違いないと思われると報告された。

そして、係長の西島からは、死体の第一発見者で、被害者との関係者でもある森重と空木から聴取した内容が、疑問点とともに報告された。被害者の遺留物のスマホの発信履歴と、森重勇作のスマホの着信履歴から、森重に電話がかけられたのは、火曜日の十一時半頃で間違いないが、被害者は何のために森重に会おうとしていたのか、またその場所を二人の共通居住地の国分寺でなく、わざわざ扇山にしたのか、さらには、探偵と称する空木健介という男が、何故同行したのかを考えると、森重の息子の転落事故からの繋がりも、考慮に入れる必要があるとされた。

結果として、捜査本部は顔見知りの怨恨による絞殺と断定し、国崎英雄の知人、友人、会社関係者を当たることとした。また、ザイルロープが新しいことから、東京都内及び甲府の山具店を当たるとともに、周辺人物のうち登山経験者には、ザイルロープの所有の有無を確認するよう指示された。

そして、森重と空木については、被害者と同様に国分寺在住でもあり、重要な関係者として、被害者との関りをさらに調べる必要があるとされ、所轄の国分寺署の協力を仰ぐこととする方針が決められた。

家族

昨夜からテレビのニュースで、大月市の扇山の山麓で発生した国崎英雄殺害の事件は、各局で放送され今朝の朝刊にも掲載されていた。

空木は、このニュースを知った菊田が、さぞ驚いてきっと電話をかけてくるだろうと思っていた。

昼過ぎ、空木のスマホが鳴った。スマホの画面に表示されたのは森重勇作だった。

「空木さん、裕之の意識が戻ったそうです。今しがた、由美子さんから連絡がありました。信じられません。今から大学病院へ向かいます。また連絡します」勇作は震える声で一気に話した。

その震えた声は、勇作の大きな喜びを現わしていた。

「本当ですか、良かった。私も面会時間に合わせて病院へ行きます」

森重の意識が戻った。外傷性の脳障害による意識不明状態が、一か月以上経って戻る可能性はある、というインターネット上の情報はあり、空木も知ってはいたが、現実に自分の身近で、目の当たりに出来るとは思いもよらなかった。

空木には、森重の死の予感はなかったが、植物状態が続くのではないか、というのが空木の偽らざる思いだったのだ。空木は、病院へ行こうとしている自分の気持ちは、森重の父や家族の喜びとは違う、好奇心なのではないかと自分自身を恥じた。しかし、やはりあの三ツ峠山の山荘で出会った森重と、もう一度言葉を交わしたいと思う気持ちは間違いないものだった。そこにもう一つ、空木の探偵としての探求心なのか、森重の意識が戻ることで、三人目の登山者がはっきりするかも知れない、転落の真の原因が判るかも知れないという思いがあった。

空木が、森重の入院する杏雲大学病院の病室に入ったのは、午後二時を回った時刻だった。

病室には、妻の由美子と二人の子供、そして森重の両親がベッドを囲んでいた。

空木を見た勇作が、「空木さん、この通り意識が戻りましたよ。会ってやってください」と言って、ベッドの脇に招き寄せた。

空木は、由美子に会釈しベッドサイドに立った。

「森重さん、良かったですね。私を覚えていますか。空木です。三ツ峠山でお話しした空木です」

呼びかけた空木に、森重は目を向け「ええ」と小さく返事をした。

「裕之さん、空木さんには、あなたを山梨の病院まで付き添っていただいたのですよ」由美子が森重の耳元で囁くように話した。

「空木さん、転落の事は裕之には、何一つ聞いていません。空木さんから聞いていただいて構いませんが…」勇作が空木の背中から声をかけた。

「いえ、今ここで聞くのは止めましょう。いずれ本人の口から聞けるのを待った方が良いのでは…」

「空木(うつぎ)さん、大変なご迷惑をお掛けしてしまって…」空木の話が聞こえたのか、言葉を遮(さえぎ)って裕之は詫びた。

「森重さん、一つだけお聞きしたいのですが、宜しいですか」

裕之は小さく頷いた。

「あの日の朝、森重さんが三ツ峠山の頂上、開運山に登った時、誰かに会いませんでしたか」

裕之は、天井を見つめ、そして空木に目を移して、首を小さく左右に振った。

「森重さん、体力が戻ったら富士山を眺めながら山の話をしましょう」

空木は、由美子と勇作を見て「私はこれで」というように小さく頷き、ベッドサイドから離れた。

空木を見送りに由美子と勇作は病室を出た。

「国崎さんが亡くなられたそうですね。驚きました。主人のいた部署には何があるのでしょう。空木さんの調査報告書を、私も拝見させていただきました。主人は、あの部から出ることが出来て、良かったと私は思っています。それも主人が生きていればこそですから、空木さんがあの場所に居てくれたことに、本当に感謝しています。主人は、体も心もこれからのリハビリが大変だと思います。空木さん、また会いに来てください」由美子はそう言って、空木に深々と頭を下げた。

「空木さん、警察からはまだ何の連絡もありません。連絡が来たら空木さんにお伝えします。今日はわざわざ来ていただいてありがとうございました」勇作も頭を下げた。

空木を送った、由美子と勇作は病室へ戻った。

病室へ入ると直ぐに、由美子は小さな声で勇作に言った。

「お義父さん、私、今から裕之さんに、人事も含めた会社の話をしようと思います。まだ体力がないから会話は出来ないかも知れませんが、私たち家族の想いも伝えようと思います」

「それなら、私ら夫婦はいない方がいいですね」

「いえ、お義父さんと空木さんが、調べてくれた会社の事も話すつもりですから、一緒にいてください」

勇作は「わかりました」と言って頷き、ベッド脇に歩み寄った由美子の斜め後ろに立った。

「裕之さん、私が今から話すことを聞いてください」

由美子は裕之の手を握った。裕之の手は冷たかった。

「裕之さんの転落事故は、不慮でも誰かの故意でもなかったと思っています。会社で随分苦しい思いをしていたことを、お義父さんと空木（うつぎ）さんのお陰で知ることが出来ました。私は、いえ私たち家族は、仕事の力にはなれなくても、あなたの心の苦しさを分かち合いたかった。少しでも、裕之さんを支える妻の役割を果たしたかった。お義父さんが会社で何があったのか調べようとしたのも、あなたの苦しさに気付いてやれなかったことを悔いていたからなのですよ。涼香（すずか）も優太も、意識のないあなたの手足を擦ったり、動かしたり一生懸命だったのよ。お義母さんも仙台の母も、皆で裕之さんの意識が戻ることを信じて、私たち家族を支えてくれたのですよ。裕之さんの周りには、こんなに思ってくれる家族がいるの。裕之さんの成功は、私も嬉しい、でもそれより、死を選ぼうとすることへの悲しみの方が何百倍も辛いです。一生懸命頑張って生きて、子供たちと一生懸命、会話をしようとする裕之さんでいてほしい。お願いだから、二度と死のうなんて思わないで」

由美子の目から、ポロポロと涙が零れ落ち、裕之の目尻からも涙が流れ落ちた。涼香も優太も泣いていた。

「それから、あなたは、十月一日付で人事部付に異動だそうです。後任は、菊田さんがなるそうで、ここまでわざわざ挨拶に来てくれたんですよ」由美子は涙を拭きながら、裕之に伝えた。

「菊田が…。良かった」裕之は呟くように言った。

「もう一つ、伝えておかなければならないことがあります。国崎さんが、昨日亡くなりました」淡々と伝える由美子を、補うように勇作が言葉を継いだ。

「殺されたんだ。俺と会う約束をしていたんだが、来なかった。死体を見つけたのは、空木さんと俺だった。驚いたよ」

裕之は、話が呑み込めないのか、驚いているのか、天井を見つめたままだった。

「裕之、お前は三ツ峠山に行くことを国崎さんに話をしたか」

裕之は、勇作の問いに黙って頷いた。


杏雲大学病院から自宅兼事務所に戻った空木が、冷蔵庫から缶ビールを取り出すのと同時にスマホが鳴った。

菊田からの電話だった。

「大変なことになりましたね、空木さん。まさか、国崎さんが殺されるとは、思ってもみませんでした」

「私も驚きました。三ツ峠山に行っていたかも知れない国崎さんが、殺されるとは夢にも思っていませんでした。菊田さん、山小屋に行って写真を見せると言っていましたけど、どうしますか、止めますか」

空木は、自分が国崎の遺体の第一発見者であることは、今は敢えて言わないことにした。

「……、どうしたものか。森重があういう事になった原因が、あの日三ツ峠山に偽名で宿泊した人間にあるとしたら、友達として、その人間を突き止めたいと思う気持ちは、変わっていないのですが、それが私の思った通り国崎さんだと判明しても、もう意味がないのではないかと…」

「菊田さん、その確認は、警察にやってもらったらどうでしょう」

「警察ですか。警察がやってくれるのですか」

「何ともわかりませんが、国崎さんは殺された訳なので、警察としてはどんな些細な事であっても調べると思います。偽名で宿泊していたのが国崎さんだとしたら、今回の事件との関連を疑うような気がするんです」

「でもどうやって警察に頼むのですか」

「私の知り合いに警察の関係者がいますから、私から話してみます。これは警察への協力ですから、心配することは何もないですよ」

「空木さんがそう言われるのならわかりました。山小屋に泊まっていた人間が、国崎さんだと判ったら教えて下さい」

「わかりました、連絡します。それから菊田さんにお聞きしたいのですが、森重さんのお父さんの携帯電話の番号はご存知ですか」

「はい、知っていますよ。一度、私の携帯に電話してきていますから、登録しました」

「その番号を国崎さんに、教えた覚えはありますか」

「いえ、ありません。他人の番号を勝手に教えるようなことはしません。教えたら、本人に誰誰に教えたと連絡しますよ」

「おかしなことを聞いてすみませんでした。あ、それと大事な事を言い忘れていました。菊田さん、この話も大いに驚くと思いますが、森重さんの意識が戻りました。今日の午前中の様です。私、杏雲大学病院で会ってきました」

「えー、本当ですか、それはビッグニュースです。嬉しいです。泣きそうです。直ぐに奥さんに電話します」

電話の向こうで、泣き笑いしている菊田の顔が想像できた。菊田という男は、本当に友情の厚い人間なんだと、空木はつくづく感心した。

「ということは、山で誰かに会ったのか、何があったのかわかるということですね。空木さん聞いたんですか」

「はい、誰かに会っていないか聞きましたが、返事はノーでした」

「そうですか。その話は別にして、とにかく良かったです。大森にも連絡して知らせます。今日は、空木さんに電話して本当に良かったです。森重の退院の時には、一緒に一杯やりましょう」

菊田は、国崎が亡くなったことなど忘れたかのように、明るい声で電話を終えた。

捜査

週の明けた月曜日の午前中、ホープ製薬の本社、中でも営業本部は国崎英雄の殺害報道にバタつき、社内外への対応に追われていた。

そのホープ製薬本社に、大月中央署の西島刑事たちは、所轄の日本橋署の刑事の協力を得て訪れた。

応接室に通された西島たちは、対応に当たった総務課長に訪問の趣旨を説明し、国崎の所属する部署の上司と部下との面会と、国崎の業務机の中の確認をすることの了解を求めた。

販売企画部長の下松と面会した西島は、国崎が誰かから恨まれたりしていなかったか、部長として気になることはなかったか質問した。

「恨まれていたかどうかは、正直私にはわかりません。気になることと言えば、うちの会社は合併した会社ですから、出身会社の違いで思い入れも違いますし、ポスト争いも存在することです」

「国崎さんもポスト争いの中にいたということですか」

「ポスト争いというか、競い合いはあったと思います」

「競い合いですか。どなたと競い合っていたんでしょうか」

「本社内の全ての課長がライバルでしょうが、最も競い合っていたのは、販売企画二課の課長ではないでしょうか」

「二課の課長さんですか。その方は…」

「今の課長は、十月に着任したばかりですから、前任の課長になるのでしょうが、その課長は事故で一か月以上入院しています」

「はあ、入院ですか。念のためお名前を教えていただけますか」

「森重と言います。杏雲大学病院に入院している筈です」

「森重ですか…」

下松との聞き取りを終えた西島は、「森重か…」とまた呟いた。

「係長、入院しているんじゃ殺しは勿論、何も出来ないですね」西島の隣に座っている刑事が小さな声で言った。

「ああ、そうなんだが、競い合い相手の父親と会おうとしていたということが、どういうことかなと思ってね」西島はそう言うと、腕組みをして溜息をついた。

その後、国崎の部下だった販売企画一課の課員たちからの、聞き取りから浮かび上がってきたことは、国崎が恨まれるとしたら、前販売企画二課長の森重だろう、ということだった。

聞き取りを終えた西島たちは、国崎の業務机の中を調べるために二階の営業本部に向かった。

西島たちは、机の中の資料、ファイルを調べている中で、一人の刑事が「係長、これは」と言って、一枚のＡ４用紙を西島に渡した。

その用紙には「息子のことでお話ししたい事があります。十月十日土曜日午前九時三十分に扇山の山麓、梨の木平で待っています。森重勇作」と印刷されていた。

封筒の消印は三鷹局、十月四日十二時から十八時となっていた。西島たちは、このワープロで印刷された手紙と、国崎の机に入っていた名刺ホルダーをコピーして、捜査資料として持ち帰ることとした。

時刻は、午後一時半を過ぎて、西島は空腹感を感じ始めた。

大月への帰路の車の中から、西島は森重勇作の携帯電話の番号のダイヤルキーを押した。

森重勇作から国崎への面会の誘いの手紙が存在した。勇作は、国崎から扇山の山頂で会いたいと誘いの電話を受けたと言っているが、手紙を出したのが真実だとしたら、電話は一体何だ。いずれにしろ森重勇作は、重要参考人だ。

「森重さん、大月中央署の西島です。急で申し訳ありませんが、直接話を聞かなければならない用件がでてきました。明日の朝十時までに署まで来ていただきたいのですが、宜しいですね」

西島の口調は、勇作に嫌とは言わせない強いものだった。

「はい、わかりました。明日の十時までに大月中央署ですね。伺います」

勇作は、西島の口調の強さに、何かあったことを感じていた。

月曜日の午前、空木（うつぎ）のスマホが鳴った。

高校の同級生で国分寺署の刑事である、石山田からだった。

「健ちゃん、大月中央署からうちの課長に連絡があったよ。大月の梨の木平とかいう所で、絞殺死体を見つけたらしいね。被害者の関係者でもあり、空木健介と森重勇作の二人の動向に注意してほしいと言ってきた。つまり見張れということだから、承知してくれ」

「ボディーガードがつく訳か、ありがたいことだね。それに電話を貰って丁度良かった、巌ちゃんに相談というか、頼み事があるんだ。近いうちに平寿司で会わないか」

「明日なら行けると思う。七時頃までには行くようにするけど、頼み事って何だ」

「あの事件の被害者に関係するかも知れないことなんだけど、以前、巌ちゃんに話したこともある、三ツ峠山に偽名で宿泊した人間に関することなんだ」

「電話じゃ分かり難い話みたいだね。明日聞くことにするよ」

電話を終えた空木は、被害者の国崎と死体発見者二人を合わせた三人が、国分寺に住んでいる訳だから、国分寺署に協力を求めてくるのは当然かも知れないと思った。

その日の午後に、森重勇作から、明日大月中央署に呼び出されて行くことになった、との連絡を受けた空木は、何かがあったことを感じていた。

翌日、午前九時過ぎ、森重勇作はＪＲ大月駅の改札口を出た。

朝から降り出しそうな空模様だったが、相模湖を過ぎて山梨県に入る辺りからぽつぽつと雨が降り出し、大月駅の改札を出た時は、持っていた折り畳み傘を差すほどに降っていた。

大月中央署には、およそ十分位で着き、受付で名前を名乗ると、西島刑事が出て来た。

「おはようございます。朝からお呼び立てしてすみません。こちらに来てください」

西島ともう一人の刑事は、勇作を取調室に案内した。室内には、西島ともう一人の刑事の他に、調書を書き取る警察官が、隅の机に座っていた。

前回、ここで聞き取りを受けた時とは明らかに様子が違うことに、勇作は違和感があったが、西島が置いた一通の封書と説明を聞いて、驚き納得することとなった。

「森重さん、今日のあなたのお話は、供述調書として記録に残りますから承知願います。早速ですが、この封書に覚えはありますか。あなたが出されたものではありませんか」西島はそう言って、A4用紙の手紙と、宛名にホープ製薬販売企画部国崎英雄様と書かれた封筒を、勇作の前に置いた。

「見ても良いでしょうか」勇作はそう言いながら、A4用紙を手に取って読んだ。

「『梨の木平で九時半に待つ』私はこんな手紙は出していません。全く覚えがありません。私の名前で、誰が何の為にこんな手紙を出したのか」

「しかし、あなたの名前で書かれている以上、我々は、森重さんあなたを重要参考人というより、容疑者として見るしかありません」

「刑事さん、私の名前が印字されているだけで、私が出したというのは、あまりに理不尽で納得出来ません。私の家のプリンターの印字と比べてみてください」

「それもこれから調べさせていただきますが、国崎さんからの電話での面会指定場所が、本当に扇山の山頂だったのか、そもそも面会の申し込みはどちらから言い出したものなのか、森重さんの話の信憑性を確かめる必要があります。もう一度、十月十日の国分寺から鳥沢駅、そして扇山までの経路と時間を話していただけませんか」

西島の問いに、勇作は頷いてスマホを取り出した。乗換案内のアプリで確認しながら、国分寺駅七時四十三分発、豊田で甲府行き八時四分発に乗り換えて、八時四十九分鳥沢駅着の電車で到着したことを説明した。

次に、当日の歩数計で鳥沢駅の出発時間から、休憩した梨の木平の到着時間、そして扇山頂上の到着時間を分単位で説明した。それによれば、梨の木平には九時五十三分に到着し、七分の休憩後、山頂に向かって出発していた。

「七分の休憩時間の間に、国崎さんの首をロープで絞めて殺せますね」

「どうして私が国崎さんを殺さなくてはいけないのですか。何の関係もない人を殺すことなんてあり得ないです」

勇作の体は、怒りに震えているようだった。

「森重さん、あなたは息子さんが国崎さんを恨んでいたことを、ご存知だったんじゃないですか。入院している息子さんに代わって、恨みを晴らそうとしたんじゃありませんか」

「そんなバカなことはありません。恨むとしたら、下松という男です」そう言う勇作の目は、真っ赤に充血していた。

「下松を恨むとは、どういうことなんですか」

「……」

「しっかり説明してください」

勇作は、息子の裕之の転落事故をきっかけに、探偵の空木と知り合い、そしてホープ製薬で息子に何が起こっていたのか、調査を依頼したことを話し、その結果、下松と言う部長に苦しめられていたことを知ることになったと説明した。

「下松という男を恨んでも、国崎には恨みはないということですか。ところで、梨の木平で休憩している時には、被害者のザックが置かれていることには気が付かなかったのですか」

「ずっと、登って来た方向を向いて座っていましたから、全く気が付きませんでした」

「後から登って来た人たちも、気付かなかったようですから、それに嘘はないでしょう。逆を言えば、帰りの休憩でよく見つけたとも言えますね。ところで、入院されている息子さんの容態はいかがですか」

「一か月以上意識が戻らない状態だったのですが、一昨日意識が戻り、リハビリを始めるまでになりました」

「そんなに長い間、意識が戻らなかったんですか。怪我で重傷を負って入院していると思っていましたが、そういう状態での入院でしたか。その息子さんの意識が、一昨日戻ったんですか。良かったですね」

西島は、軽く息子の容態を聞いたことを申し訳なく思いながら、森重勇作が下松を恨むと言った意味は、息子がそんな状態になるまでの辺りにあるのだろうと思った。

「森重さん、もう一度聞きますが、国崎さんとの面会は、あなたから申し出たのではありませんか」

「いえ、絶対に私からではありません。私から会う理由はありません」

「以前にもお話ししましたが、国崎さんは、あなたの携帯電話の番号をどうやって知ったのでしょう。あなた自身に覚えがないなら、あなたの電話番号を知っている誰かから聞いた、ということになるのでしょうが、心当たりはありませんか」

「……」

勇作は、両手を顔の前に組んで考え込んだ。

「ホープ製薬の関係者であなたの携帯電話の番号を知っている人物、つまりあなたの携帯に連絡をしてきたことがあるか、若しくはあなたが連絡をしたことがある、という人物がいないか、ということですが、いかがですか」

「ホープ製薬の方で、私の携帯に連絡が来たのは、国崎さんだけです。私から連絡をしたことがあるのは、二人です。裕之の同期の菊田さんと大森さんという方ですが…」

「菊田さんと大森さんですか。当たってみることにしましょう。それからもう一つお聞きしておきたいのですが、あなたが国崎さんに面会を申し込んだのではないとしても、扇山の山頂で会うことになった理由はなんですか。あなたも不自然だと思ったのではありませんか」

「国崎さんの説明では、富士山の眺めも良くて、頂上も広々としていて、好きな山なので、そこで話したいということでした」

「やはり、あなたが選んだ場所ではないということですか」

「もちろんです。さっきから ずっと言っている通りです。同じ国分寺に住んでいて、わざわざ扇山で会おうとは思いません」

「……」

西島は、森重勇作が言っていることは理に適っていることだと思いながら、では何故勇作は、犯人にされようとしているのかと考えていた。

「お疲れ様でした。またお呼びするかも知れませんが、今日はこれで終わります。プリンターの印字の確認もする必要がありますから、国分寺のご自宅まで、署員と一緒に同行していただけますか」

勇作は、署が用意した弁当を食べ、大月中央署の車で国分寺の自宅に向かった。雨は本降りになっていた。

空木のスマホに勇作から連絡が入ったのは夕刻だった。勇作は、自分の名前が差出人となった封書が出てきたことで、容疑者とされ、あの日の行動を細かく聞かれた上に、国崎との面会は自分から申し入れたのではないか、と疑われたことを話した。

「そんな封書が出て来たら、疑われるでしょうね。それで疑いは晴れたんですか」

「晴れてはいないと思います。今日、私の家のプリンターで印刷したものを持って行って、鑑定した結果で疑いが晴れてくれればいいのですが、梨の木平で休憩していた時間が、死亡推定時刻の時間内に入っているようで、すっきりしない状況です」

空木は、勇作の電話を聞きながら、誰が何のために出した手紙なのか、勇作への扇山への誘いの電話は何の為だったのか、疑問が膨らんだ。

「それにしても、国崎さんは、森重さんの携帯電話の番号をどこで知ったのか、知りたいですね」

「警察もそれは確認すると言っていました」

「確認する術があるんですか」

「ええ、菊田さんと大森さんの名前を出しましたから、その二人に確認するようです」

空木は自分も先日、菊田にその事を確認したことを思い出した。その二人から電話番号が伝わったのだろうか。

「それから、空木さんに裕之のことでお伝えしておくことがあります。裕之は、三ツ峠山に行くことを国崎さんに話していたそうです。やはりあの時、三ツ峠山にいたのは、国崎さんだったかも知れないです」

「そうですか、話していたんですか。わかりました。ご連絡ありがとうございました。また何かあったら連絡してください」

電話を切った空木は、雨が降る窓外に目をやりながら、平寿司へ行く支度を始めた。ビニール傘に当たる雨音は、大きな音ではなかったが、時折電線から落ちてくるしずくの音は、ビニール傘に当たってパンと大きな音がした。どこからか金木犀の香りが漂う、暗くなった道を歩きながら、空木は考えていた。

森重勇作の話は、全て間違いなく真実だろう。そして国崎が三ツ峠山に偽名で宿泊した本人だとしたら、扇山で国崎が話そうとしたことは何だったのか。その国崎が殺害される理由とは一体何なのか。さらに、勇作に疑惑の目を向けさせる目的は何なのか。単純な偽装なのか。

「いらっしゃい」という主人の声に迎えられて、いつものようにカウンター席に座った空木は、ビールが運ばれてくるのを待った。

「いらっしゃいませ」店員の坂井良子がお絞りとビールを運んできた。

空木は鉄火巻きと烏賊刺しを注文し、グラスに注いだビールを一気に飲んだ。

しばらくして、玄関の戸が開いて、「お待たせ」の声とともに石山田が顔を覗かせた。

石山田は運ばれて来たビールを一杯、二杯と立て続けに飲み干して、ちらし寿司を注文した。

「頼み事って何だい。被害者だとか、偽名で泊まった人間だとか電話では言っていたけど、どういうことなんだ」

「以前巌（がん）ちゃんと話したことがあることなんだけど、三ツ峠山に偽名で泊まっていた人間を調べるために、俺の知り合いが山小屋に写真を持って確認しに行く話を覚えているだろ」

「覚えているよ。突き止めたらそいつを問い詰めるという話だろ」

「そうそう、さすがに刑事課係長だ。その偽名で泊まっていたかも知れない人間が、今回の事件の被害者となった国崎英雄という男なんだ」

「へー、そういうことなのか。何ともすごい因縁だな。それで俺にその偽名宿泊者の確認をしてくれということか」

「いや、巌ちゃんからこの話を大月中央署に話してもらって、偽名の宿泊者が国崎かどうか確認させる方が、いいんじゃないかと思っているんだ」

「それは、事件に関係しているかも知れないと思うからなのか」

空木は「そう」と言って、運ばれてきていた焼酎の水割りセットで、二人の水割りを作り始めた。

「森重裕之の転落事故が起きた時、同じ山にいた人間が、今度はその父の森重勇作に会うために、山へ行って殺された。何かがあると思うのが普通じゃないか」

「確かに何かありそうだ。それにしても、その被害者の国崎という男は、本当にその親父に会いたかったのかな。親父の方から会いたいと言うならわかるけど」

石山田は、空木(うつぎ)の作った水割りを口に運んだ。

「森重さんは、国崎が三ツ峠山に行っていた可能性のある人間だということは知らなかったから、森重さんから会いに行くことは考え難いよ」

空木も焼酎の水割りを飲み、「煙草を吸ってくる」と言って外へ出て、煙を見ながら考えていた。

国崎は勇作以外の誰かにおびき出された。その人間は勇作の名前で手紙を出したら、必ず国崎が指定場所に来ることがわかっていた。だとしたら、勇作に電話をしてきた人間も、国崎ではない可能性があるということか。一体誰が、国崎をあそこに呼び出すために手紙を送り、勇作を犯人に見せかけるために電話をしたのか。

翌日、捜査本部会議の準備をしていた西島刑事係長に電話が入った。

「警視庁国分寺署の石山田です」

「ん、石山田？巌（がん）か」

「そうだ、巌だ。久し振りだな、元気だったか」

「おう、お前も元気そうだな。声を聞くのは、八王子で飲んで以来だから、十年ぐらい経つか。どうした何かあったのか」

「実は、ある人間から大月中央署に頼んでくれという依頼があってな、山梨県警のお前の勤務先を調べたら、都合よくちょうどそこにお前がいてくれたという訳だ。偶然というのはあるんだな」

「それで電話してきた訳か。それで頼みというのは何だ。大学の親友の頼み事なら聞かない訳にはいかないいな」

石山田は、空木（うつぎ）からの依頼であることを前置きし、その内容を空木の推測も交えて、西島に伝えた。

「そうか、それであの空木という男は、森重と被害者が会う場に一緒に居ようとしたのか。巌の友達の探偵さんの推測も無視は出来ない話かも知れんな。わかった、調べてみるが、もし被害者の国崎が偽名を使った本人だとしても、死人に口なしだ、何故そんなことをしたのかはわからないぞ」

「空木たちも、それを最終的には知りたかったらしいが、お前の言う通り死人に口なしだ」

「じゃあ、わかったら連絡するが、空木さんは参考人の一人だ、動向には注意しておいてくれよ」

受話器を置いた西島は、もし被害者の国崎が森重の息子の転落事故の時、偽名でその山にいたとしたら、それは今回の事件に繋がっているのではないだろうか、という思いも過った。

九時から捜査本部会議が開かれた。

被害者の国崎への怨恨の線で浮かんだ人物は、森重裕之だが、事件当時も現在も入院中であることがまず報告された。そして、その父勇作が被害者への手紙の差出人となっていること、被害者との電話のやり取りの信憑性の確認がし難いことを含め、現状では有力な容疑者であるが、その手紙が印字されたプリンターは、森重の家のプリンターではなかったことが報告された。森重勇作の当日の行動については、午前九時過ぎに鳥沢駅付近のコンビニの防犯カメラに写っている、ザックを背負った森重らしき人物が確認されていることから、供述通りと思われるとされた。

疑問点としては、封筒の消印から、被害者が手紙を目にしたのは、消印の翌日の月曜日か、遅くとも翌々日の火曜日の午前中だと思われるが、森重勇作に電話があったのが火曜日の昼で、指定面会場所は、梨の木平ではなく、扇山の山頂でと言ったことが疑問として挙げられた。

手紙に印刷された場所と時刻が、本来の面会場所だとしたら、森重勇作の行動時刻では間に合わない。一方、十二時の山頂が面会場所だとすると、被害者の行動時間では早すぎる。

西島は、報告を聞きながら、考えていた。被害者の国崎が手紙を信じたことは間違いない事実だ。森重勇作が言っている時刻も場所も、その行動と辻褄が合うことから、真実と考えるのが妥当だ。つまり二人ともに正しいとしたら、国崎を絞殺した犯人は、別にいるということだ。

捜査会議でのもう一つの疑問点は、森重勇作の携帯電話の番号を被害者の国崎が、どのように知ったのかということだった。小さな疑問だが、明らかにしておく必要があるとされた。

次に、犯行に使われた太さ七、八ミリ、長さ六メートルのザイルロープは、新宿の山具店で販売された可能性が高いと報告された。店員は、購入した客について全く覚えはないが、六メートルという中途半端な長さで販売したことを記憶しており、八ミリというロープの太さ、色、柄も犯行に使われたものと一致していた。販売日は十月三日土曜日で、その日の店内カメラの画像は本部で保管している、と報告された。

西島を含めた刑事たちは、報告を基にそれぞれ意見を述べ合い、そして刑事課長から当面の捜査方針が纏められた。

森重勇作は現段階では容疑者から外せないが、国崎殺害の犯人は別にいる可能性が出て来た。従って、被害者宛に出された手紙の差出人は、別にいるものとして、捜査する。この人間が、被害者を梨の木平に呼び出して殺害した可能性が高い。捜査の手掛かりは、目撃者もおらず非常に厳しいが、被害者の周囲の人間で山をやる人間、扇山の存在を知っている人物を中心に洗い出すこととした。

次に、森重勇作の携帯電話の番号を、被害者がどこで知ったのかを調べることとし、森重の供述で得られた菊田と大森を当たる、という指示が出された。

捜査本部会議が終わった後、西島は刑事課長に、石山田から依頼された件を話した。

「事件と関係するかどうかはわからないのですが、被害者が三ツ峠山に偽名で宿泊していた本人かどうかの調査をさせてほしいのですが」

西島は、国分寺署の石山田から受けた依頼の説明をして許可を願い出た。

「不可解な出来事には違いないが、係長の言う通り事件に関係しているのかはクエスチョンだな。まあ、そんなに時間がかかることのようにも思えないから、調べてみる事はいいだろう」

西島は　課長の許可を得て、早速動くことにした。

捜査本部の刑事たちは、動き始めた。

市ヶ谷のホープ製薬東京支店に向かった刑事たちは、大森安志と東京支店の応接室で面会した。

二人の刑事に名刺を渡した大森は、幾分緊張していた。

「国崎英雄さんが殺害された事件は、ご存知ですよね」刑事の一人が口を開いた。

「はい、承知しています。それで私にどのようなご用件でしょう」

大森の眼鏡の奥の目は、構えるような目になっていた。

「実は、事件の起きる数日前に、国崎さんはある人に電話をかけているのですが、そのある人の電話番号をどのようにして知ったのかを調べています。それで大森さんに心当たりはないか、お聞きしにきたという訳です。大森さんは、森重勇作さんの携帯電話の番号をご存知ですよね」

「知っているというか、以前連絡をいただいたことがありまして、それが履歴に残っている、というのが正しいと思いますが、それが、どういうことなのでしょう。よく理解できないのですが」

「国崎さんにその森重さんの電話番号を教えた覚えはありませんか」

「全くありません。国崎さんからの電話を受けたこともありませんし、かけたこともありません。私は、国崎さんを顔位しか知りません。しかし、刑事さん、森重さんの電話番号を、どのように知ったのかという調査が、事件と関係するのですか」

「お答えする必要もありませんが、関係するかも知れないので調べているのです。国崎さん以外の人に、電話番号を教えたり、聞かれたりしたこともありませんか」

刑事の二人の目がきつくなったのを、大森は感じた。

「うーん、ないですね」大森はまずかったと思いながら、腕組みをして答えた。

「大森さんは、森重さんと会われたことがあるのですか」

「はい、私の同期の友人の父親として、話を聞かせて欲しいと頼まれて、お会いしました」

「お二人で会われたのですか」

「いえ、私の同期が入院していた山梨の甲府で、もう一人の方と三人で会いました」

「そのもう一人の方の名前を教えていただけませんか」

「確か、空木（うつぎ）とかいう探偵さんでした」

「空木…」二人の刑事は手帳に書き留めた。

「ところで、十月十日土曜日の九時から十時頃、大森さんはどちらにいらっしゃいました。いや、これは疑っている訳ではありません。念のためですから、気を悪くしないでください」

「先週の土曜日ですか。ゴルフに行きましたから、その時間にはゴルフ場にいました。ビッグムーンゴルフクラブです」

「ビッグムーンですか。大月のゴルフ場ですね。因みに、どなたとゴルフされましたか」

「会社の上司です」

「失礼ですが、お名前を教えていただけませんか」

「東京支店の横澤副支店長と、本社の下松部長の二人です」

「ありがとうございました。最後にもう一つ伺いますが、大森さんは、山登りはされるのでしょうか」

「はい、たまに近くの山に登っていますが、年に数回しか登ることはありません」

「大月の扇山には登ったことはありますか」

「ええ、一回だけ登りました。猿橋駅から百蔵山に登り、そこから扇山にミニ縦走で登りました」

大森が、腕時計に目をやるのを見て、メモを取っていた刑事は手帳をポケットにしまい、立ち上がった。

「大森さん、忙しいところありがとうございました」そう言って二人の刑事は頭を下げ、東京支店を後にした。


ホープ製薬東京支店で、大森安志が刑事の聞き取りを受けている時と同じ頃、日本橋のホープ製薬本社の応接室では、菊田章が刑事の訪問を受けていた。

菊田は、森重勇作の携帯電話の番号に関しての刑事の質問には、誰からも問い合わせも依頼もなく、仮に教えて欲しいと言われても、本人の許可なしには教えたりしない、と返答した。

「菊田さんは、森重勇作さんとお会いになったことはありますか」

刑事たちは、メモ帳を手にして聞いた。

「はい、森重さんは、私の同期でかつ私の前任者だった男のお父さんでして、その同期が山で転落したのですが、その原因が職場にあるんじゃないか、つまりそれが原因で自殺したんじゃないかと疑って、私の所に話を聞きたいと言って、会いに来たのです」

「なるほど、そうですか。その時は、森重さんお一人だったのですか」

「いいえ、空木（うつぎ）さんという探偵さんと一緒でした」

「空木…。どこかで聞いた名前だな」刑事の一人が呟くように言った。

「その空木さんが、転落した同期で友人の職場、つまり今の私の職場になりますが、そこで何があったのか調べてくれたんです」

菊田の口調は、まるで空木を持ち上げるかのように力が入っていた。

「菊田さんが今の職場で、国崎さんについて耳にされたことで、気掛かりな事はありませんでしたか」

「私はここに異動してきてまだ十日余りですから、直接見聞きすることはなかったのですが、部下の話によれば、国崎さんは森重に子供じみた嫌がらせをしていたようです」

聞いていた刑事たちは、今日の捜査会議で報告された通りだ、というように頷いた。

「森重がどんなことをされていたのかは、それこそ空木さんに聞けばよく分かると思います。それと…」

「それと何ですか」

「いや何でもありませんが、あの人は探偵としてはかなり出来る人ですよ」

菊田は、森重の転落事故の現場に国崎がいたかも知れない、と言おうとしたが、この件は空木に任せたことを考えて、口に出すのを止めた。

「ところで菊田さんは、山登りはされるのですか」

「はい、山は好きで、時々登りに行きます」

「扇山には登られたことはありますか」

「はい二、三回は登っています。富士山の眺めが良い山です」

「十月十日の土曜日には扇山に登らなかったですか」

「とんでもないです。先週の土曜日は、下の子供の幼稚園の運動会でしたから、登ろうにも登れません」

刑事たちは、菊田に協力してくれた礼を言って、ホープ製薬本社を後にした。

捜査会議を終えて、西島刑事は、四季楽園の主人に連絡を入れ、山小屋で会うことになった。

主人は麓の町から山小屋へ向かい、西島は大月中央署から四輪駆動車で山小屋へ向かった。西島たちは、三ツ峠山荘の脇に四駆を停め、肩の広場を越えたところにある四季楽園の玄関の戸を開けた。

主人と思われる男が出て来た。

「大月中央署の西島です。ご主人ですか」そう言って西島が、警察証を見せると、男は「ええ」と頷いた。

「電話でお話しした通り、九月三日から四日にかけて宿泊した客が、この男かどうか見て欲しいのです」

西島は、国崎英雄の死体の顔だけの写真を取り出して主人に見せた。

「死んだ後の顔の写真しかないのですが、覚えはありますか」

「うーん、一か月以上前だから、何とも言えないね。似ていると言えば似ているし、間違いないかと言われると自信はないね」

主人はそう言うと、宿泊者名簿を西島たちの前にだして「九月三日に泊まっていたのはこの人ずら」と言って、名簿の「嶋村保博」を指差した。

嶋村保博が偽名だと見破って、国崎かも知れないというところまで調べ上げるのは、容易な事ではなかった筈だ。空木（うつぎ）という探偵もよく頑張ったな、と西島は思った。

しかも空木は、写真では断定出来ないことをわかっていて、警察に調べて貰おうとしたようだ。山小屋の主人の記憶では心もとないから、筆跡鑑定が必要になると踏んだのだろうと推測した。

「ご主人、これをコピーさせてください」

西島たちは、宿泊者名簿のコピーを持って、山小屋を出た。

今日の三ツ峠山からの富士山は、上半分が雲の中だった。

署に戻った西島は、刑事課長に報告し、ホープ製薬の本社に、国崎英雄自身が書いた住所、名前のコピーをFAXで送信してくれるよう依頼した。西島がホープ製薬への電話が終わるのを待っていたかのように、刑事課長が西島を呼んだ。

「西島、空木に会ってきてくれないか。参考人でもある人間だが、今日お前が行った山小屋の件もそうだが、菊田と大森の聞き取りでも空木の名前が出てきて、何を調べていたのかわからないが、事件に関する情報を持っている可能性もあるかも知れないんだ。お前会って、どんな情報を持っているのか、聞き込みして来てくれないか」

「わかりました。明日にでも会って来ましょう」

西島は、空木に会うのが楽しみになってきていた。

「空木さんですか、大月中央署の西島です」

その声に空木は、自分も警察に呼ばれるのか、と緊張した。

「空木さんのお話しをお聞きしたいのですが、時間を取っていただけませんか。事件とは直接関係する話ではありません。被害者の会社、ホープ製薬の職場の状況や、人間関係についての情報で空木さんのご存知のことを聞かせていただきたいのです」

空木は、西島の求めに応じて、今日の午後に会うことになった。

トレーニングジムから戻った空木は、午後二時過ぎに迎えに来た大月中央署の車で、西島たちとともに近くのファミリーレストランに入った。

昼食時間を外れた今の時間は、客は少なく席は空いていた。

「空木さん、国分寺署の石山田刑事から依頼された件は、目下調査中で近いうちに結果が出ます」

西島は、これはあなたに頼まれたことですね、だからあなたも協力しなさい、と言わんばかりだった。

「三ツ峠山の件ですね。お手数をお掛けして申し訳ありません。その結果というのは筆跡鑑定か何かですか」

空木は、機先を制せられたと思った。

「はい、その通りです。二、三日中には結果は出ると思います。結果は石山田に連絡しますから、空木さんには石山田から連絡が行くと思います」

「西島さん、もしかしたら石山田刑事とは知り合いなのですか」

空木は、西島が「石山田」と呼び捨てにしたことから、聞いてみた。

「あ、そうなんです。大学時代からの友人で、今回空木さんからの依頼から、偶然石山田と関わることになったということです。空木さんも石山田とは知り合いのようですね」

「はい、私は石山田とは、高校の同級生でしたから、付き合いは長いです」

「そうだったんですか。それにしても空木さん、三ツ峠山の偽名の宿泊者ですが、国崎まで調べ上げた調査は大変だったでしょう」

「ええ、いろんな方たちに助けてもらいながらですから、自分一人で出来た訳ではありません」

「空木さんは、我々に被害者である国崎が、偽名で宿泊した人間であることを調べさせたのは、何か理由がありますね」

空木は、バッグの中から封筒を取り出して、その中からA4サイズの二通の報告書を西島の前に差し出した。

「これは、ある方から依頼された調査の報告書です。依頼者の了解は得ていますが、配慮はしてください。これを読んでいただければ、国崎さんの人間性も、職場での立場も見えてきます。その国崎さんに森重さんからの手紙です。あ、これは森重さんから聞いて知ることになりました。すみません。その手紙は、国崎さんを誘い出すためでしょうから、出した人間が犯人の可能性が高い筈です。森重さんは、あの時点では誘い出す理由がありません。では、誰がそんな手紙を出すのかと思った時、もし、三ツ峠山に偽名で宿泊した人間が、自分の意志ではなく登っていたとしたら、誰かに命じられていたとしたら、それを命じた人間にとって、国崎さんは余計な存在、邪魔な存在になるのではないかと思ったのです。つまり、手紙を書いた人間と、山へ行くことを命じた人間は同じではないかと思っているんです」

「それを命じた人間のヒントが、この調査報告書にあるということですか」

「あくまでもそれは、私の第六感みたいなものですから、刑事さんたちの職業上の感性で読んでみてください」

空木も、西島たちもフリードリンクのコーヒーを飲み、西島は空木から渡された調査報告書に目を落としていた。

「これはお借りすることにして、ゆっくり読ませていただきます」西島はそう言って、隣の刑事に調査報告書を渡した。

「ところで空木さんは、被害者の国崎さんから森重さんに電話が入っていたことは、ご存知だと思いますが、国崎さんはどのようにして森重さんの電話番号を知ったと思いますか」

「…。私は、森重さんに電話した人間は、国崎さんではなかったと思います」

「国崎ではなかった…。だとすると国崎のスマホに残っていた発信履歴は、どう考えるのですか」西島の隣の刑事が、間髪を入れずに聞いた。

「その前に、一つ伺いたいのですが、森重さんの名前で出された手紙を国崎さんが読んだのはいつですか」

「十月五日月曜日、遅くとも火曜日の午前中だと見ています」

「そうだとすると、手紙を読んでから森重さんに電話をしたことになるのですが、面会場所を変更したのなら、あの時間に梨の木平ではあまりにも早すぎます。場所を変更するなら、面会時間も変更する筈です。私は、森重さんの携帯電話の番号を知った人物が、国崎さんの携帯を使って森重さんに電話をしたと考えています」

「ということは、森重さんの携帯電話の番号を調べることが出来る人物で、被害者である国崎の携帯電話を使える人物ということですか」

西島は、手帳にメモを取りながら、確認するかのように言った。

空木は自分が推理する、犯人に最も近い人物を思い浮かべながらも、決定的な殺害の動機が見えてこないことから、西島たち刑事の前で、口に出すことはしなかった。

空木を自宅マンションまで送り、車から降りる空木に、西島は「何かあったらここに連絡してください」と言って、名刺に自分の携帯電話の番号を書いて渡した。

西島は大月中央署に戻る車の中で、調査報告書を読み終え、事情聴取で森重勇作が話していた「恨むなら下松」という言葉を思い出していた。

運転している刑事に向かってなのか、独り言なのか呟いた。

「下松という男に会う。もう一度」

争い

菊田章と大森安志はＪＲ神田駅の南口近辺の居酒屋で久し振りに会っていた。

大森から菊田に「警察が聞き取りに来たことで会いたい」と誘ってのことだった。

「お前から誘われて飲むのは、初めてかも知れないな。警察の聞き取りで何か言われたのか」生ビールの入ったジョッキを大森と合わせながら菊田が言った。

「特に何か言われた訳ではないんだけど、少し引っ掛かることがあって、どうしたものかと考えているんだ」

「引っ掛かること？国崎さんのことか。お前何か知っているのか」

「いや、そうではないんだが、森重の親父さんの携帯電話のことで気になることがあるんだ。警察が聞き取りに来るまでは、全然気にしていなかったんだけど…」

「けど…、何だ。話して見ろよ。その為に俺を呼んだんだろ」

大森は、ジョッキのビールを二口、三口と喉に流し込んで、しばらくテーブルを見つめていた。菊田も大森が口を開くのを待った。

どのぐらい沈黙の時間が続いたのか、菊田がジョッキを空にして二杯目を注文した時、大森が口を開いた。

「俺は、森重もお前も裏切っていた」

「裏切っていた…。どういうことだ」

「俺は、旧ホープ製薬の幹部たちと定期的に飲んでいる」

「それが俺たちを裏切ったということになるのか？俺はそうは思わないが…。ただ、そのことはある人から聞いていた」

「聞いていたのか。森重から聞いていたのか」

「まあ、そんなところだから、飲み会のことは気にしなくてもいいいんじゃないか」

「ありがとう。でもそれだけではないんだ、俺は二人だけではなく、旧太陽薬品の人たちを裏切ってしまったんだと思う。連中の目的は、会社をより良くすることが目的じゃないんだ。古河部長や東京の支店長という身近な人間を潰すためで、俺を巻き込んだのは、スパイをさせるためだったんだ。俺は、お前たちに飲み会のメンバーであることを知られたくないのと、所長のポスト欲しさにスパイのようなことをした。森重の親父さんが、探偵を雇って販売企画部の調査をしようとしていることも、俺は話してしまった」

「話したのか。言わないでくれと頼まれていたのに、誰に話したんだ」

「横澤副支店長だ」

「飲み会メンバーに話したのか」

大森は黙って頷き、「すまん」と消え入るような声で言った。

「大森、それは俺に謝るようなことじゃないぞ。森重と森重の親父さんに謝らなければいかんぞ」菊田の言葉には怒気が混じった。

「わかっている。それと、もう一つ気になることがある」

「それも森重絡みの話なのか」

「絡む話かどうかはわからないが、前回の飲み会の時だったが、下松部長が俺のスマホのアプリを見たいと言って、しばらく俺のスマホを触っていたことがあったんだ。今から思えばその時部長は、自分自身のスマホに何か入力していたような気がするんだ。それがもしかしたら、森重の親父さんの電話番号だったのではないだろうかと、気になり始めたんだ」

「そうか、そしてそれを警察に言うべきか、どうすべきか、ということか」

大森は、思い出したかのように、温(ぬる)くなったビールをごくごくと音を立てて飲んで、「フ

――」と息をついた。

「大森、警察には伝えるべきだと思うが、一刻を争うようなことでもないような気がする。どうだろう、明日にでも空木さんに一緒に会って相談してみないか。場合によっては、空木さんに警察に話してもらうのも一つの方法だと思う」

「探偵の空木さんか…」

「大森は空木さんにも会い難いのかも知れないが、こういう時は頼りになりそうな人だと思う。それに俺は、別件で会いたい用件があるので、俺は会いに行くぞ」

「…わかった一緒に連れて行ってくれ」

菊田は、一口ビールを飲むと、スマホを手に店の外へ出た。

しばらくして、席に戻って来た菊田は、「明日の午後、三鷹で会うことになった」といきなり大森に言った。

「三鷹で会うのか」

「俺から三鷹で会いたいと言ったんだ。意識の戻った森重の見舞いに、お前と一緒に行こうと思ってね。その帰りに三鷹で会いましょうということだよ。明日の午後四時三鷹駅で待ち合わせることにした」

「強引だが、了解した」

「ところで大森、何故旧ホープ製薬の飲み会の話をする気になったんだ」

「…今回の人事を見て、このままではポストがなくなった先輩たちに顔向けできない、人間として恥ずかしいことはもう止めようと思った」

二人は、改めてジョッキを合わせ、小さく「乾杯」と言った。

大月中央署では、刑事課長と係長の西島刑事に、数人の刑事が加わって、空木から渡された「調査報告書」を前に置いて、話し合っていた。

「筆跡鑑定の結果次第ですが、国崎が偽名で三ツ峠山に行っていたのは、自分の意志だったのか、誰かの指示だったのかは重要なポイントになりそうです。もし、誰かに命じられたのであれば、その命じた人間にとって、その目的次第によっては、国崎はいてもらっては都合の悪い存在になるのではないでしょうか」西島は静かに刑事課長に話した。

「その命じた人間が、この調査報告書に出てくる下松という部長ではないか、と言いたい訳か」

刑事課長は、椅子を左右に振りながら西島に言って、さらに続けた。

「そして、その命じた人間が国崎を邪魔な存在として殺害したという筋書きか。森重勇作に電話をかけて来た人間が、国崎に命じた人間と同一人物だとなれば、森重を呼び出した理由はともかくとして、そいつが犯人に間違いないだろうな」

「課長、取り敢えず下松の当日のアリバイを確認する必要はあるんじゃないですか」

「大森の聞き取りの時に、たまたま聞いたのですが、当日、下松という男は、大森と東京支店の横澤という副支店長と三人で、ビッグムーンゴルフクラブでゴルフをしていたようです」傍らの、大森安志の聞き取りに当たった刑事が、手帳を見ながら言った。

「ビッグムーンゴルフは、扇山の麓、梨の木平付近が入口になっていますよね。課長、裏を取りましょう」

「わかった、そうしよう。それと西島、筆跡鑑定の結果で、偽名の主が国崎だとなったら、下松に聞き取りに行ってくれ」

西島たち刑事は、課長の机から仕事に散った。

その日の午後、ビッグムーンゴルフから戻った刑事が、課長に報告した。

「課長、大森安志の話の通りでした。九時四十五分アウトスタートで、下松、大森、横澤の名前がありました。ゴルフをしていたのは間違いないようです。念のため、その日のチエックインのサイン名簿のコピーを持って帰ってきました」

「課長、九時四十五分のスタートだったら、梨の木平で殺す時間はぴったりです。ロープを持って歩いていた人間を見ている客がいるかも知れませんね」横で聞いていた西島が、身を乗り出すようにして言った。

「よし当たってみよう。当たる客数は多いぞ、空いている全員で手分けして当たってみてくれ」

課長の指示によって、およそ二百人の当日の客に当たることとなった。


杏雲大学病院に入院している森重を、菊田と大森は見舞った。

「森重の意識が戻ったのを聞いて、早く来たかったのですが、遅くなりました」菊田は、森重の妻の由美子に挨拶した。

「お忙しい中、お二人揃ってわざわざ来ていただいてありがとうございます。主人も何とか、リハビリが始められるまでになりました」由美子はそう言って、二人をベッドサイドに案内した。

リハビリから戻ったばかりだったのか、森重はベッドに腰をかける格好でいた。菊田が森重と話しているしばらくの間、大森は黙って聞いていた。

「森重、今日この後、古河部長から頼まれている件で、空木さんに会おうと思っている。お前も承知しておいてくれ」

菊田の言葉に、森重は大森に目をやった。

「大森なら心配ない。おい大森、お前、森重に何か言うことがあるんじゃないか」

大森は小さく頷いて、一歩二歩と森重に近付いた。

「森重、申し訳ないことをした、謝る。すまなかった。お父さんにも俺が詫びていたことを伝えて欲しい」大森は深々と頭を下げた。

森重は驚いて菊田を見て「どうしたんだ。親父にも、とは…」と小さく言った。

「昨日、旧ホープ製薬の飲み会に関わることを全部話してくれた。俺たちに謝りたいということだ。この後会う予定の空木さんにも一緒に会う。親父さんへの詫びについては、約束を破ったことを謝っているんだが、いずれ森重にもわかるだろうから気にするな」

「…そうなのか。空木さんに二人一緒に会うことは、古河部長も承知のことなのか」

「いや、話はしていないが、ダメか…」

「承知すると思うが、話しておく方が良いよ」

「わかった」菊田はそう言うと腕時計を見た。

菊田と大森は、病院を出て空木と待ち合わせの三鷹駅に向かった。

空木は、三鷹駅の南口を出た歩道橋の上で待っていた。

空木が大森に会うのは、甲府で会って以来二度目、菊田に会うのは同じ三鷹で、国崎が三ツ峠山の偽名の宿泊客ではないかと話して以来三度目だった。

三人は、近くのコーヒーショップに入り、コーヒーをプレートに乗せ、奥のテーブルに座った。空木は、この店に入るのも三度目になった。

「菊田さん、私に相談したい事というのは何でしょう」

菊田は、大森に目をやり、大森から昨夜聞いた、下松が飲み会の場で大森のスマホから森重勇作の携帯電話の番号を盗み知った可能性があることを空木(うつぎ)に話した。

警察に話すべきだと思うが、先に空木に相談してからでも遅くはないと考え、相談に来たと説明した。

「それは、私から大月の警察に伝えてくれということですか。私から伝えても、警察は大森さんを参考人として会いに来ると思いますよ」

「それはそれで構いません。先日の聞き取りの時には、思い浮かばなかったのは事実ですから」大森が答えた。

「しかし、下松さんは、どうして森重さんのお父さんの存在を知り、気にすることになったのでしょう」

空木はそう言いながら、電話番号を知りたいだけなら大森に教えてくれと言えばいい筈なのに、とも思っていたが、口にはしなかった。

「…それは、私の所為です。私が、森重の親父さんと空木さんが森重の職場を調べていることを話したからです。誰にも言わない約束をしたにも関わらず、申し訳ありませんでした」

大森はテーブルに両手をついて頭を下げた。

「下松さんに話したのですか」

「いえ、下松部長に直接ではありませんが、横澤副支店長に話しましたから、横澤さんから伝わっていたと思います」

「わかりました。そうしましたら、もう少し詳しく状況を確認させてください。その飲み会の場所、日時、メンバーを教えてください」

空木はボールペンを持った。

「飲み会の場所は、毎回同じところで、神楽坂（かぐらざか）の「たかべ」という料理屋です。月に一回のペースで集まっていて、私のスマホを下松部長が触っていたのは、十月二日金曜日の飲み会でした。メンバーは下松部長、横澤副支店長、それと私が毎回出席で、国崎課長と村内課長が稀に参加していました。先日の会には、村内課長も参加していました」

大森は、口が渇いたのか水を口に運んだ。

「村内課長というのは…」

「営業推進部の課長です。古河部長の部下です」

「その飲み会では、どんな話をするのですか」

「特に決まった話題がある訳ではなくて、飲み会の話、ゴルフの話、家庭の話やらという、ごく普通の飲み会ですが、時折、幹部の情報というか、常務がこう言っているとか、あの支店長はこうだとかの話をしていました。私は聞いていることがほとんどでしたが、東京支店長の話になると、ゴルフは何回行ったとか、どこに飲みに、誰と行ったとかは良く聞かれました」

「緊急事態宣言が出ている間も飲み会はやっていたんですか」

「時間を早く始めて、早く終わるようにしてやっていました。「たかべ」に気を遣っているんじゃないかと思うぐらい、律儀にやっていましたね」

「そのメンバーとは、その「たかべ」という料理屋での飲み会だけですか。例えば、ゴルフとか旅行とかですが」

「旅行はありませんでしたが、ゴルフは誘われて二、三回行きました。あの日も誘われて行っていました」

「あの日と言うと」

「国崎さんが殺害された日です。刑事さんにも話しましたが、ビッグムーンゴルフクラブで下松部長と横澤副支店長の三人でラウンドしました」

「扇山の麓のゴルフ場ですね。どなたかがメンバーなのですか」

「下松部長がそこのメンバーで月に一回ぐらいのペースで行っているようです」

大森の話を聞いた空木(うつぎ)は、ある確信を持った。

「大森さん、近いうちにそのゴルフの件で、警察が細かい話を聞きに来ると思っておいた方がいいですよ。それ以外はありませんか」

「それ以外ですか…。そう言えば私には声が掛からない会があるようでした。時々、「次の

ＫＫＫはいつ」とか言っているのを聞いたことがあります。私には何のことかわかりませんが、何かの集まりのような感じがしました」

横で聞いていた菊田が、「ＫＫＫ…」と呟いた。

空木が「わかりました」と言うのを待っていたかのように菊田が「空木さんにもう一つ頼みたいことがあります」と切り出した。

「私は、十月から森重の後任の課長になって、業務を引き継ぎましたが、古河部長からの仕事も引き継ぎました」

大森が隣で「俺が居ていいのか」と小声で言った。

「お前にも聞いていて欲しい。というより協力してほしいんだ」

菊田は大森を見て言った後、再び空木への話を続けた。

「古河部長から森重に託した仕事というのは、下松部長たち旧ホープ製薬の幹部の不正を探れという指示で、森重は「たかべ」の飲み会メンバーは大森を含めて掴んだそうですが、不正の有無を確認するまでには至っていません。私はその後を調べることが、託された仕事なのです。空木さんにお願いしたいことは、そのメンバーの不正、スキャンダルの調査なのですが、受けていただけないでしょうか」

空木は、「うーん」と唸り、腕組みをして考え込んだ。

「社内の勢力争いですか。人の弱みを探るというのはあまり気が進みません」

「弱みを探る仕事ではありません。合併した会社に不正があれば、それを正して膿を出す。意欲に燃えている若手、中堅の社員たちが、胸を張って良い会社だと言える、好きになれる会社にするための仕事です。ダメですか」

菊田という男は、森重の時もそうだったように、熱くなる男だと空木は感じながら、自分が万永製薬を辞めた時を思い浮かべ、菊田のような姿勢で会社と向き合うことも必要だったのだろうと思った。

「わかりました。出来るだけのことはやってみましょう。ただ、私は社外の調査中心に動きますから、経理などの社内の調査は菊田さんに全て任せます。それとこの話は、古河さんという方は承知ということですね」

「はい、勿論です。いずれ空木さんに古河部長を合わせます。ありがとうございます」

空木は、下松をはじめ横澤、村内という人物の情報を、大森と菊田の知る限りについての情報を聞いた。

「ところで菊田さん、不正は確認でなかったと言われましたが「たかべ」の精算に不正は見つかっていないのですか」

「はい、警戒しているのか、森重が経理部の知り合いに調べてもらったようですが「たかべ」の「た」の字も出てこなかったようです」

「大森さんは、精算の際に支払っていましたか」

空木は、大森を見た。

「いえ、一度も払ったことはありません。誰が払っていたのでしょう」

「あなたの弱みを握る意味では、支払わせなかったということでしょう」

「私の分を他の人間が、被（かぶ）っていたということですか」

「そうなりますね。それから、私は下松、横澤、村内の三人とも顔がわかりません。出来たら写真を私のスマホに送っておいていただきたいのですが、出来ますか」

菊田は大森を見てから「私が、下松部長と村内課長の写真を用意して、大森が横澤副支店長の写真を用意するようにします。大森いいな」

大森は頷いて「ＯＫ」と言った

「私は、お二人からの情報を基に、聞き取りをしたり、尾行をしたりすることになります。あくまでも、あなた方が中心であることを十分ご承知ください。宜しいですね」

二人は頷いた。

二人と三鷹駅で別れた空木は、三鷹から国立への電車の中で、依頼されたスキャンダル探しより、下松が森重勇作に電話をした人間だとしたら、何故扇山に呼び出したのかを考えていた。

それは、国崎を殺害した犯人であって、勇作の仕業に見せかけるためだったのだろうと考えた。それは、森重勇作には国崎を殺害するだけの動機があると、警察が判断すると下松は予測したからだ。しかし下松は何故、国崎を殺さなければならなかったのか、最も重要なその動機は何か。森重勇作が、国崎の三ツ峠山での目的を知ったとして、国崎がそれは下松から命じられたと告白したら、自分はどうなるか。それが動機で口を塞いだのか、それで人を殺すのか。

空木が国立駅の改札口を出た時、駅の時計は六時を回っていた。

平寿司の暖簾をくぐると、先客が三人カウンターに座っていた。一人は証券会社を定年退職して、今は無職で年金生活を送っている常連の一人の梅川と、あと二人は、矢口という作家の夫婦で月に何回か平寿司に来る、やはり常連だ。

「矢口さんは小説家、梅川さんは証券会社のOBとして、お聞きしたいのですが、不正、スキャンダルといったらどんなことを挙げますか」

「推理小説なら、代表的なものは金、そして不倫を含めた異性関係、でしょう」

「なるほど、やっぱりそうですか」

「証券会社も同じですが、金の中でも株を扱いますから、インサイダー取引ですかね」

「インサイダー取引ですか」

空木(うつぎ)は、納得して相槌を打ち、いつものように鉄火巻きと烏賊刺しでビール、焼酎と進め、最後の締めにパスタを食べた空木は、国分寺崖線のきつい坂を登って帰路についた。

疑惑

土曜日の朝、大月中央署で打合せをしていた西島の携帯電話が鳴った。

「空木(うつぎ)ですが、西島さんにお伝えしたい事があって電話しました」空木はそう前置きをして、昨日、大森と菊田から聞いた森重勇作の、携帯電話の情報について、大森の心情を交えて説明した。

「下松が、森重勇作の携帯電話に、電話をした可能性があるということですか。空木さん、わざわざ連絡ありがとうございます。大森さんには、別件で聞きたいことも出てきましたから、今日にでも話を聞きに行くつもりでした。その時に、この件も確認させてもらいます」

西島の言う別件とは、恐らく事件のあった当日の、大森たちのゴルフの件だろうと、空木は推測した。

空木との電話を終えた西島は、刑事課長に空木からの情報を伝えた。

「空木という探偵さんには、色んな情報が集まるんだな。それにしても、森重に電話をした人間が、下松だとしたらホンボシかも知れないぞ。慎重に行ってくれ」

刑事課長の「慎重に」という意味は、アリバイの有無、殺害の動機、犯行に使われたロープの入手など、証拠固めをしっかりやれということだと西島は理解した。

課長は西島に、今日明日中にビッグムーンゴルフクラブでプレーしたというホープ製薬の大森、下松、横澤の三人の詳細な聞き取りをするように指示した。

昼近くになって、西島に筆跡鑑定の結果が届けられた。結果は「同一人物の筆跡と思われる」だった。三ツ峠山の山小屋に偽名で泊まった人間は、国崎とほぼ確定した。殺された国崎が、偽名で宿泊した人間だった。何故、偽名でなければならなかったのか、それが事件に繋がったとしたら、それは犯人が犯行に及んだ動機に繋がるのだろうか。西島は、そんなことを考えながら、国分寺署の石山田に連絡した。


練馬区高野台に住む大森からの聞き取りは、西島ともう一人の刑事が担当し、世田谷区赤堤に住む横澤の聞き取りには、別の二人の刑事が向かった。西新宿五丁目に住む下松からの聞き取りは、明日、西島たちが行くことになった。

自宅マンションのリビングに、西島たちを案内した大森は、コーヒーを用意した妻に、子供たちがリビングに入らないように言っていた。

「森重勇作さんの携帯電話の件でしょうか」大森は、空木からの連絡を受けて警察が来たと思っていた。

「いえ、その確認もありますが、十月十日土曜日のゴルフについて話を聞かせていただきたくてお邪魔しました」

空木（うつぎ）が言っていたのは、この事なのか、と大森は冷静に聞いた。

「大森さんは、ビッグムーンゴルフクラブの場所については、ご存知だと思いますが、国崎さんが殺害された梨の木平と目と鼻の先です。そのゴルフ場で大森さんを含め、被害者と同じ会社の方三人がゴルフをしていた訳ですから、被害者とすれ違うなどの接点がなかったのか確認させていただきたいのです」

西島の説明に、大森は「わかりました」と言って、両手を膝の上で組んで、話を始めた。

大森が、ゴルフ場に到着したのは、スタート時間の九時四十五分の一時間以上前の、八時三十分。三人の中で一番若く役職も下の自分が、最も早く着いていなければならない、という気持ちからの早着だった。

下松が到着したのは九時十五分頃、横澤が来たのはそれより十分程遅い、九時二十五分頃だったと記憶していた。大森の記憶は、年長の二人を迎える意味で、フロントロビーの椅子に座って待っていたとのことではっきりした記憶だった。

プレーは五分遅れてのスタートで、前半が終わってクラブハウスに戻ったのは十二時十五分頃だった。後半は、午後一時ちょうどのスタートで、十八ホールが終わってクラブハウスに入ったのは、三時二十分頃だった。

シャワーで汗を流し、三人がクラブハウスを出たのは四時過ぎだった。帰りの梨の木平付近には、緊急車両は勿論のこと、事件があったと思わせるようなものは何も目にしなかった。大森は、自分の記憶を確かめながら、ゆっくりと西島たちに話した。

「ゴルフ場ではずっと三人は一緒だったのでしょうか」

「はい、そうです」

「そうですか。そうしましたらその日の、大森さんも含めた三人の車の車種、色それと服の色とかを、記憶の範囲で結構ですから話していただけませんか」

刑事の質問に、大森は腕組みをして考えていたが、自分以外の二人についてはよく覚えていない「申し訳ありません」と答えた。

西島は大森の話に偽りは感じなかった。それは、大森の話の内容もさることながら、今朝がたの空木からの連絡で聞いた、大森からの情報提供も多分に影響していた。

「最後に、ゴルフの件ではないのですが、森重勇作さんの携帯電話について話を聞かせてください」

西島の質問に大森は、スマホを出して、あの日下松に手渡した時と同様に西島にスマホを渡した。そして、電話帳リストから森重勇作の電話番号を見るまでの手順を説明した。

スマホの画面を見ながら西島は、下松が森重勇作の携帯電話の番号を知った可能性は高い、明日の聞き取りでこの件をぶつけてみようと考えていた。


大月中央署に戻った西島たちが、刑事課長に大森からの聞き取りの報告を済ませた頃、横澤の聞き取りに当たっていた刑事たちが戻って来て、同様に課長に報告した。

その内容は、横澤が世田谷の自宅を出発した時間は七時四十分頃。その後永福ランプから首都高、中央高速と走り、談合坂のスマートインターチェンジで下りてゴルフ場に向かった。

ゴルフ場に着いて以降は、大森からの聞き取りと一致していた。西島は、大森からの聞き取りではわからなかった、横澤の服の色、車種、車の色を手帳に控えた。

石山田から、三ツ峠山の小屋の偽名宿泊者の筆跡鑑定の結果を聞いた空木は、「やっぱりか」と呟いた。そして、直ぐにそのことを菊田に伝えた。

「やっぱりそうでしたか、何のためにそんなことをしたのか」

菊田の想いは、空木も同様であり、大月中央署の捜査本部も同じ思いだろう。加えて空木には、料理屋「たかべ」の飲み会メンバーの動向を探って、スキャンダルの有無を調べなければならない仕事がある。石山田から平寿司への誘いを断ったのは、その為だった。空木は、今夜、神楽坂の料理屋「たかべ」に行くことを決めていた。

ＪＲ飯田橋駅で降りた空木は、神楽坂芸者新道の「たかべ」の看板を探して、狭い小路を歩いた。

「たかべ」は、玄関の間口は狭かったが奥に長かった。七、八席が並ぶカウンター席と、通路の奥には六人が入る小部屋が三つ並んでいた。

「いらっしゃいませ」の声に迎えられて、空木はカウンター席に座り、ビールを注文した。時間は夜の六時少し前で、客入りには少し早い所為か、それとも土曜日の所為か、カウンターにも奥の部屋にも誰もいないように思えた。カウンターの中の板前は二人で、一人は四十前後、一人は二十代のように思えた。

仲居の女性がお絞りとビールを運んで来た。

空木は、品書きから「酒肴三点盛り」を注文し、改めて店内を眺めた。

「いらっしゃいませ。お客さんは、初めてですか」年長の板前が空木に声をかけた。

「どなたかのご紹介で来ていただいたのですか」

「まあそんなところですけど、一見さんはお断りですか」

「いいえ、そんなことはありませんが、神楽坂のこの辺りですと、紹介されて来られるお客さんが多いんです」

「ご主人は、店を開いて長いのですか」

空木は、ビールを空けて芋焼酎のロックを頼んだ。

「私はここの主人じゃないんです。女将は奥の部屋に入っていますから、後程ご挨拶にお邪魔すると思います」

「女将さんがここの主人なのですか」

板前は、「ええ」と言って頷いた。

「お客さんは、もしかしたら製薬関係のお仕事ですか」

「以前はそうだったのですが、今は無職というか自由業です。ここは製薬会社のお客さんが多いのですか」

「比較的多いと思いますよ。四、五社ぐらいの方がお見えになっていますかね」

「年齢層はどうなんですか、若い人たちも来るんですか」

「いいえ、ご年配の偉い方たちばかりです。若い人はその方たちに連れられてお見えになるだけです」

空木は、二杯目の焼酎のロックを注文して、また品書きを見た。そして比内地鶏の照り焼きを注文した。

「この店には、ホープ製薬の方たちも来るんですか」

空木は、何かを探っているようには思われないよう慎重に口に出した。

「ええ、良く来ていただいています。今日もお見えになっています」

板前の声は小さかったが良く聞こえた。

今日は、土曜日で会社は休日だろう。休日に来て奥の部屋で飲んでいる。しかも女将が、かなりの時間入っているようだ。常連の中でも大事な客なのだろう。もしや下松がいるのだろうか。空木がそんなことを想像しながら奥の部屋を眺めていた時、部屋の襖が開いて年配の男性と、和服姿の女性が出て来た。六十代と思われる男はトイレに立ったようだった。

和服姿の女性は、空木の座っているカウンター席に近付いて来て「初めましてここの女将の高部です。ようこそお越しいただきました。ありがとうございます」と空木に名刺を渡しながら挨拶した。

四十代前半に思える女将は、中背で色白、小顔の端正な顔立ちで名刺の名前は高部悦子とあった。

「名刺の持ち合わせがなくてすみません。空木と申します。料理も美味しいですし、良いお店ですね」

空木はここでは名刺を出すのは控えた。特に、口の軽そうな板前には素性を明かせなかった。

「ありがとうございます」

「女将は秋田のご出身ですか。品書きが秋田のものが多いようですが」

「はい、その通りです。秋田は能代の出身なんです。これからもご贔屓にしていただければ嬉しい限りです。宜しくお願いします。ゆっくりしていって下さい」

女将はそう言って頭を下げ、奥の部屋へ戻って行った。

「女将が戻って行った部屋のお客さんが、ホープ製薬のお偉いさんですか」空木は、年長の方の板前に聞いた。

板前は頷いて「そうです。常務さんです。土曜日によく来られます」と小さな声で答えた。

空木は、二杯目の焼酎を飲み干し、締めに注文した稲庭うどんを食べて「たかべ」を出た。

土曜の夜の中央線快速電車は空いていた。

今日の「たかべ」でのターゲットにしている人間に関しての収穫は、何もなかった。常務という人物のスキャンダル探しであれば、大きな収穫だと言えるのだが、役には立たない。とは言っても、一回の訪問で欲しい情報が得られる筈がないと自答しながら、帰路についた。

西新宿五丁目の下松のマンションに、西島がもう一人の刑事とともに訪れたのは、日曜日の午後三時だった。

「下松さんのお話しを聞かせていただくのは今日で二度目ですが、今日は、十月十日土曜日のゴルフの状況の確認を含めて、少しお時間がかかる聞き取りになるかも知れませんが、ご家族は大丈夫ですか。ご迷惑がかかるかも知れません」

「妻も子供も帰ってくるのは夜遅い筈ですから、ご心配なくどうぞ」

下松は、落ち着いた様子で、妻が予め用意しておいたと思われるお茶を出した。

下松の話によれば、当日このマンションを出た時間は午前七時五十分。初台ランプから首都高に入り、中央高速を走り、談合坂のスマートインターチェンジで下り、ゴルフ場に向かった。ゴルフ場到着から出るまでの時間は、昨日の大森の話と同じだった。

「途中どこかに立ち寄りしたということは」

「はい、コンビニに寄りました」

「そうですか。国崎さんが亡くなった梨の木平は、下松さんもご承知のとおり、ゴルフ場の入口に近いところです。九時頃に国崎さんは、その付近を歩いていた可能性が高いのですが、それらしい人を見かけませんでしたか」

西島は、国崎の名前を出すことで下松の態度、口調、目の動きに変化はないか注意深く見ていた。

「国崎課長が亡くなったのは梨の木平ですから、確かにあの辺りを歩いていたかも知れませんが、見かけなかったですね。見かけたら声位かけていたと思います」下松はゆっくりと静かに答えた。

「ところで、下松さんは入院している森重さんのお父さんをご存知ですか」

「いいえ知りません」

「では、森重さんのお父さんの携帯の電話番号も、知っている筈はありませんね。実は、あの日森重さんのお父さんは、誰かに呼び出されてあの辺りにいまして、国崎さんの遺体を発見することになったのですが、誰に呼び出されたのか定かでは無く捜査しているところなのです」

「仮に私が知っていたとしても、電話をする理由がありませんし、何より私には電話番号を知る術もありません。電話をしたのは国崎課長がしたんじゃないですか」

「国崎さんは、森重さんのお父さんの電話番号を知っていたということですか。それを下松さんはご存知だったんですか」

西島は、素知らぬ顔で聞いた。

「いいえ、彼は入院している森重の見舞いにも行っていますし、電話をする可能性がある人間は、国崎課長ではないか、という意味です」

西島は、下松の動揺を感じた。下松は国崎が森重勇作に電話をしたことを知っている。誰も知らない筈のことを知っている。以前、空木が言っていた「電話をしたのは国崎ではない」という話を思い出していた。下松が、国崎の携帯を使って電話をした可能性がある。

「下松さんにもう一つお聞きしたいことがあります。国崎さんは、森重さんが山で転落した同じ日に、同じ山に登っていました。それも偽名で泊まってです。何故そんなことをしたのか、下松さんには心当たりはありませんか」

「それは全く知りませんでした。偽名で泊まっていたのですか。しかし、何故また私にそんなことを聞くのですか。知る筈もないのに」

「当時あなたの部下だった二人の課長が、同じ山に登っていた。しかも一人は偽名を使って登っていた。そしてその後、偽名を使った人物は殺されたとなると、上司であるあなたに心当たりを聞くのは当たり前だと思いますが、いかがですか」

「…残念ながら、私には心当たりはありません」

「そうですか」

西島は、腕時計を見ながら椅子から立ち上がり、礼を言って数歩いたところで下松を見た。

「下松さん、申し訳ないのですが、最後にプリンターを見せていただけないでしょうか」

下松の表情に一瞬の戸惑いがあったが「はい、いいですよ」と言ってプリンターが置いてある部屋に二人を案内した。

西島は、プリンターのメーカー名と機種を確認して、下松のマンションを出た。

その日の夜、空木は、石山田と平寿司のカウンター席に座っていた。

「健ちゃんの推理通り、国崎という男が偽名の主だったな」

「推理通りは良かったけど、やっぱり何故、偽名であの山に行ったのかが問題だよ」

二人は、ビールで乾杯して一気にグラスを空にした。

「それは普通ではないことをする為、つまり突き落とす為というか、殺す為に行ったと考えるのが普通だろう。もしかしたら、ナイフとかの刃物も持っていたかも知れないよ」

「俺もそう考える。そして、それが誰かから命じられたことだった」

「しかし、人に命じられただけで人を殺そうとするかな」

「…しないと思う。だから国崎自身にも、命じた人間にも共通した利害が存在した筈だ。

森重に生きていて欲しくない何かがあったんだと思うけど、残念ながら、森重自身にはその認識はなかったようだ。認識していれば森重本人の口からそれが聞ける筈なんだけど」

「健ちゃんには、その命じた人間の目星はついているのか」焼酎の水割りを飲みながら石山田は聞いた。

「国崎の上司の下松という男ではないかと思っているが、死人に口なしだし、証拠もない」

「その命じた人間が、国崎を口封じのために殺したということか。つまり下松が犯人ということになるのか」

石山田の言葉に、黙って頷いた空木(うつぎ)は、焼酎の水割りを口に運んだ。

「大月の捜査本部はどう考えているのかな。健ちゃん、西島に聞いてみたらどうだ」

「巌ちゃん聞いてみてくれないか。捜査に首を突っ込むつもりは毛頭ないんだけど、事件に関わってしまった以上は気になるんだ」

月曜日の朝、大月中央署では捜査会議が始まった。二百人近くに及ぶ十月十日のゴルフ客への聞き込みでは、緊急車両のサイレンを聞いた話、帰りに警察の車がたくさん停まっているのを見たという以外は、事件に関係するような情報は得られなかった。

次に大森、下松、横澤の三人の聞き取りの報告がされ、刑事たちから意見が出された。

中でも横澤の自宅からゴルフ場へ到着の所要時間が、他の二人と比べて長いことが指摘された。下松よりも早く自宅をでているにも関わらず、ゴルフ場到着が下松より遅い、ナビゲーションによる所要時間では一時間十五分ぐらいであることから、再確認が必要ではないかという意見が出された。刑事課長は、当日の中央高速の渋滞情報、三人の料金所監視カメラでの確認を指示した。

西島からは、大森と下松の聞き取り状況から判断すれば、下松を第一の容疑者と考えざるを得ないと報告された。

それは、捜査会議の始まる三十分程前にかかって来た石山田からの電話、つまり下松という男を疑うべき、という空木の推理の影響も少なからずあったが、昨日の下松からの聞き取りでの「国崎が森重勇作に電話をしたのではないか」という話が、西島の下松に対しての疑いを深くしていたからだった。

捜査会議が終わって西島は、下松の自宅のプリンターの機種から、国崎に送られた手紙の印字の鑑定が出来ないか、メーカーに依頼することを刑事課長に申し出た。そして、西島は山具販売店の店内カメラでの確認を、下松との面会に自分と二度同行した刑事と一緒に終日することにした。

空木のスマホに、大森から横澤の写真が送信されてきたのは、月曜の午後だった。その後、夕方には菊田から下松と、村内の写真がそれぞれ送信されてきた。

空木が料理屋「たかべ」で見た常務と言われた人物は、やはり下松ではなかった。しばらくして、また空木のスマホが鳴った。今度は菊田からの電話だった。

「下松部長が誰かと「たかべ」に行くようです。日時も相手もわかりません。大森に確認しましたが、例の飲み会ではないようです。横澤副支店長が行くかどうかはわからないそうです。営業推進部の村内さんもわかりません。全く別の人かも知れませんが、近いうちに行くことは間違いありません」菊田の声は抑えた低い声だった。

「わかりました。それから別件で菊田さんにお願いなのですが、先日「たかべ」に行った際に、御社の常務と言われる方を見かけたのですが、顔と名前が判るような物は手に入りませんか」

常務と言われる人物の名前が判ったところで、新たな情報が手に入る訳ではないのは承知している空木だったが、会社の休日に来店して、女将が付きっきりになる人物に大いに興味を持った。

「空木さん、もう「たかべ」に行ったのですか。動きが早いですね。領収書はちゃんと取っておいてください。調査料としてお支払いしますから心配しないでください。それと役員の顔と名前ですが、私もわずかながらの株を持っている株主ですから、株主総会用の議案書が送られてきます。その中に取締役の顔写真もありますから、鮮明ではないかも知れませんが、空木さんのスマホに送ります」

「すみません、ありがとうございます。菊田さんは若いのにホープ製薬の株を持っているんですね」

「持っているとは言っても、旧太陽薬品の株を持っていたものが、合併でホープ製薬の株になっただけのことです。旧太陽薬品の株で儲けた人もたくさんいたみたいですけど、私はそれが出来ませんでした。バカ真面目ってやつですか。ハハハ」菊田は小声を忘れて大声で笑った。

菊田からの話を聞いた空木は、明日から「たかべ」通いになると覚悟した。

西島が「似ている」と呟いて、下松との聞き取りに同行した刑事を手招きした。

西島が指差したパソコンの画面を見た刑事が「係長、マスクをしていますが下松ですよ」と声を上げた。

「多分、間違いない。ただ、何を買ったのかまではこの画面では確認できない」

「そうですね、とは言え下松が、山具店で何かを買ったことは間違いないことです。あとは、プリンターの印字の機種が特定出来たら、ガサ入れすべきだと思いますが…」

「俺もそうすべきだと思う。課長と相談する」

刑事課長は、決定的な証拠とまではいかないかも知れないが、ガサ入れする価値はある。プリンターの結果次第で動くこととし、それまでは下松を張るように西島たち刑事に指示した。


「いらっしゃいませ」の声に迎えられて、空木は「たかべ」のカウンター席に座りビールを注文した。

カウンター越しに「土曜日に来ていただいたお客さんですね。ありがとうございます」と板前が礼を言った。

ビールを運んできたのは、女将だった。

「また来ていただいてありがとうございます。空木さんでしたね」

空木は、今日も酒肴三種盛りと比内地鶏の照り焼きを注文した。

「今日は、ホープ製薬の役員の方は来ていませんね」空木は、カウンター内の板前に小声で聞いた。

「ええ、平日は滅多にお越しにはなりません。別の常連さんが、明日来られるようです。コロナの影響で売り上げ激減ですから、ホープ製薬さんはありがたいお客さんです」

空木は、下松かと思ったが、口に出すわけにはいかなかった。

ビールを飲み終わって、照り焼きを口に運び、焼酎のロックを注文した。

焼酎を運んできた女将に「ホープ製薬の方たちは、良く来られるみたいですね」と空木は振った。

「あら、空木さんホープ製薬様にお知り合いがいらっしゃるんですか」

「合併した旧太陽薬品に知り合いがいるものですから、何となく親しみを感じていまして、つい聞いてしまいました」

空木は、自分の返答が妙にわざとらしく思え、これ以上のホープ製薬の人間の話は怪しまれそうな予感がした。

「そうなんですか、明日お二人が来てくれるみたいなんです。お二人は旧ホープ製薬の方ですが、太陽薬品の株で儲けていますから、旧太陽薬品には感謝していると思いますよ。実は、私もそうなのですけどね」女将はそう言って、舌を出して微笑んだ。

「女将さんのお店も、コロナの影響でお客さんは減っているのですか」空木（うつぎ）は話を変えた。

「そうなんです。宴会がぱったり無くなって、持続化給付金なんかも申請しましたけど、青息吐息です。空木さん助けてください」

女将は小さな顔を曇らせ、小さく溜息をついた。「助けてください」の言葉が空木の耳に残った。

空木は二杯目の焼酎のロックと「いぶりがっこ」を頼んだ。

ほろ酔いの空木の頭に、太陽薬品の株で儲けた話を、別のどこかで聞いた記憶が浮かんだ。空木は、バッグから手帳を取り出し、ページをめくった。面会した順に、大森、菊田、吹山、山路とめくって、手が止まった。ホープ製薬販売企画一課の山路貴子からの聞き取りのページだった。「国崎課長は、太陽薬品の株で儲けたようで旧太陽薬品には良い印象を持っている」というメモを見つけた。空木は、明日「たかべ」に来る客の一人が下松だとしたら、旧太陽薬品の株で国崎と下松は繋がりがあるのではないかと推理した。しかし、推理通りだとしても、それがどんな意味を持つのか空木には全くわからないが、とにかく明日もここに来るしかないと思いながら二杯目のロックを空けた。

翌日、大月中央署の捜査本部にプリンターの製造会社からもたらされた回答は、西島たちの期待に反して、不明という回答だった。当該プリンターから印刷されたものを照合するのとは違い、機種からの照合は不可能だった。結果、捜査本部は現段階での家宅捜索許可状は断念することとした。

一方、横澤の聞き取り内容の確認では、横澤は途中の談合坂サービスエリアでトイレに入ったことを言い忘れていたと説明した。

ところが、ホープ製薬の三人が中央高速を下りた談合坂のスマートインターチェンジの監視カメラでは、横澤の下りた時刻は、自宅を出た時刻から推察して、ほぼ合致していたものの、今度は談合坂からゴルフ場への所要時間に新たな疑問が残った。

さらに捜査本部は、下松の中央高速を下りた時刻が、自宅を出たという七時五十分に対して異常に早い時間に、談合坂を下りていることにも疑問を抱いた。

結果として、捜査本部は下松と横澤の二人に任意出頭を求めるとともに、任意の提出物としてETCカードの提出を求めることとした。そして、直ちに二人に出頭要請の連絡を取った。二人とも明朝、大月中央署に出頭することとなった。

西島はもう一人の刑事とともに、下松の張り込みの交代に出る準備にかかっていた。

「係長、下松と横澤はお互いに連絡を取り合いますかね」

「辻褄を合わせなければならないことがあればするだろうな。携帯電話でいくらでも連絡は取れるから、スマホの差し押さえでもしない限り、防ぎようはないよ」

準備を終えた西島たちは、中央線で大月から神田に向かった。

菊田から送られて来た、ホープ製薬株主総会議案書に掲載された役員の顔写真は、不鮮明ではあったが判別には十分だった。

社長、副社長、常務取締役二名、取締役四名の計八名で常務の名前は、星野孝夫と神田徹とあった。空木は、「この人か」と呟いた。神田徹、取締役常務執行役員営業本部長だった。

空木は、ベランダに出て煙草を吸いながら、九合目付近から上を雪化粧した富士山を眺めながら、大森が言っていた「KKK」という言葉を思い出していた。あの時は、恐らく何かの頭文字だと思ったが、見当はつかなかった。しかし今、空木は神田という名前を見て神田、下松、国崎の頭文字が浮かんだ。三人のイニシャルはＫＫＫだ。営業本部長、販売企画部長、販売企画課長の集まりなのか。そう言えば、神田、下松、古河（こが）もＫＫＫではないか。営業本部長と二人の部長の集まりかも知れない。しかし、それなら周囲に内密にするようなものではない筈だし、そもそも古河は旧出身会社がホープ製薬ではないことから、このＫＫＫではないだろう。神田、下松、国崎のＫＫＫにしても、国崎が亡くなって消滅することになる。そもそもＫＫＫとは恐ろしい言い方だ。「クー・クラックス・クラン」アメリカの白人至上主義を唱える秘密結社を思い浮かべてしまう。まさか旧太陽薬品を抹殺する合言葉なのだろうか。空木は、そんなことを考えていた。

夜空に浮かんだ弦月を見ながら、今夜も空木は「たかべ」に入った。

「空木さん連日来ていただいて、ありがとうございます」

女将の挨拶に合わせて板前の二人も「いらっしゃいませ」と声を合わせた。

カウンター席に座った空木にビールを運んできた女将が「仲居さんには休んでもらっています。私ですみません」と言って笑った。

しばらくして、玄関戸が開き「いらっしゃいませ、お久し振りです」と言う女将の声に迎えられて、スーツ姿の一人の男性客が入って来た。

空木は、スマホを取り出して大森から送られてきた写真を見て「横澤」と呟いた。下松が会う男は横澤なのか。

空木はビールを空けて焼酎のロックを注文した。

女将が奥の部屋に横澤を案内すると、年長の方の板前が「あの方がホープ製薬の方です」と小声で空木に言った。

時計は六時半になろうとしていた。

「いらっしゃいませ、お待ちしていました」女将の声に、空木が玄関を見ると、またスーツ姿の一人の男が入って来た。

「下松だ」空木はスマホの画面を見ながら呟いた。

二人は一体何の話をするのか。女将が、横澤が居る奥の部屋に、下松を案内するのを見て、空木が板前に目を会わすと、板前は小さく頷いた。

しばらくして空木は二杯目のロックを注文して、奥の部屋のさらに奥にあるトイレに立った。二人のいる部屋の前をゆっくり歩いてみるが、声を聞くことは出来なかった。

そして空木がトイレから出て来た時、トイレに入ろうとする下松とすれ違った。すれ違いざまに「くそ」と小声で呟く下松の声が、空木の耳に入った。

空木が席に戻ってしばらくして、横澤が部屋から出て来た。二人が店に入ってまだ一時間も経っていない、料理の注文だろうかと空木が思った時、横澤の声がした。

「私はちょっと用事が出来て先に帰るので、会計は下松さんでお願いします」

もう帰るのか、今からの用事とはどんな用事なのだろう。後を追うべきかと思いながら、空木は焼酎のロックを一気に飲んだ。

空木が「会計お願いします」と言うのと同時に、横澤は玄関戸を開けて出て行った。急いで会計を済ませた空木が、後を追って急ぎ足で芸者新道を東へ向かった。

「空木さん」名前を呼ばれた空木は、驚いてつまずきそうになった。

「空木さん、西島です。こんなところで何をしているんですか」

「あ、西島さん」空木は目を丸くした。

「話は後で、電話します。今、西島さんの前を通って行った男を追っているんです。急ぐので失礼します」

「その男なら、そこを右に曲がって行きましたけど、誰なんですか」

「ありがとうございます。後で必ず電話します」

空木は走った。ほろ酔いが飛んでしまいそうだった。

神楽坂の人通りが少ないのが幸いして、スーツ姿の背中が見えた。外堀通りの交差点で、スーツ姿の男に追いつき、横に並んだ。

マスクを着けてはいるが横澤に間違いなかった。

交差点で立ち止まった瞬間に酔いが回った空木は、交差点を渡る横澤のすぐ後ろを歩いた。横澤は、ＪＲ飯田橋駅から中央総武線で、新宿で降り、京王線に乗り換えた。

空木は横澤に顔を知られていないのが幸いした。マスクを着けて横澤の隣に座った。座って落ち着いたのか、空木は西島刑事が何故あそこにいたのか、改めて不思議に思った。西島も、もう一人の刑事と思われる男も横澤を知らなかった。考えられるのは下松だ。下松を尾行していたに違いないと確信した。捜査本部は下松を容疑者としてマークしている。

ところで、横澤は新宿で降りなかったが用事とは何だろう。下高井戸で東急世田谷線に乗り換えた横澤は、松原駅で下車し、公園近くの自宅へ帰宅した。住所は世田谷区赤堤とあり、住宅街の中の比較的大きな一軒家で高級外車が車庫に停まっていた。

空木は、ここまでの横澤の行動が、自分の期待通りでなかったことで、急に肩の力が抜けた。横澤は用事があると言って店を出たが、偽りだったかも知れない。いずれにしても店には一時間もいなかったことを考えると横澤と下松は、お互いに、またはどちらかに何かを伝える為か、確認する為に会ったのではないだろうか。しかも電話では済まない用件だった。店のトイレの前ですれ違いざまに言った下松の「くそ」には、何か意味があるのかも知れないと空木は推測した。

空木は、駅に戻りながら西島刑事の携帯に電話をしたが、留守番電話になっていた。西島から空木に電話が入ったのは、空木が国立駅から自宅に向かって歩いていた九時過ぎだった。

「さっきは電話に出られなくてすみませんでした。空木さん、あそこで何をしていたのですか。あの追いかけていた男は誰なのですか」

「私の方も西島さんたちが、あそこで何をしていたのかお聞きしたいところですが、間違っても下松を張っていたとは言えないでしょうから、西島さんの質問に答えることにしましょう。私は、依頼された仕事の関係上、下松が「たかべ」という料理屋で誰かに会うという情報をもらって、あの店で誰と会うのか探っていたんです。そこに来たのが横澤というホープ製薬の東京支店の副支店長だったんです。二人とも私の仕事上のターゲットなのですが、先に店を出た横澤を追うことにしたという訳です」

「あの男は横澤だったんですか。私らは、横澤の顔を知らなかったのですが、横澤はあの「たかべ」で下松と会っていたということですか」

「そうです」

「それでその横澤はどこへいったのですか」

「西島さんたちが張っていた下松はどこかへ行きましたか。先にそっちから教えていただけると嬉しいですね」

「なるほど、そうですね。下松はあの後、八時過ぎに店を出て、真っ直ぐに西新宿五丁目のマンションに帰りました。今、それを見届けたところです。そちらは」

「こっちも残念ながら、世田谷区赤堤の豪邸に真っ直ぐ帰ってしまいました」

「そうですか、二人とも明日は、うちの署に来なければならないので早めに切り上げたんでしょう」

「二人を呼んでいるのですか」

「おっと、それは聞かなかったことにしてください。空木さんも一度、任意出頭ではありませんけど、捜査協力という形で大月の署まで来ませんか」西島は本気とも冗談ともつかない言い方をした。

「行っても良いのでしたら、近いうちに行きますよ」

空木もひょっとすると、下松、横澤に関して何らかの情報を聞けるかも知れないという欲が出た。


翌日の木曜日、下松は九時過ぎに、横澤は十時近くにそれぞれ大月中央署に任意出頭して来たが、二人が顔を会わせることはなかった。

西島は、下松の事情聴取を受け持って取調室へ入った。任意提出を求めていたETCカードを受け取り、担当官に十月十日の使用状況を確認するよう指示した。

「事件のあった日の朝のことを聞く前に、下松さんに是非見ていただきたい画像がありま す」西島はそう言うと、用意していたパソコンの画面を下松の方に向け、西島自身も下松の後ろに立った。

「国崎さんの殺害に使われたロープは、ザイルロープといわれる山具店で売られているものです。その犯行に使われたザイルロープは六メートルの長さで、それは新宿の店で十月三日土曜日に販売されたことがわかりました。それでその日の店内のビデオを丹念に調べましたら、マスクを着けていますが下松さんによく似た人が、何かを買っている画像を見つけたんです。下松さんには、それがあなたなのか、今から確認していただきます」

下松の背中が固まっているのを、西島は感じていた。

「…、十月三日は確かにこの店に行きました。これは私に間違いありません」

「何を買いましたか。ロープを買ったのではないですか」

西島は、下松の後ろから席に戻り、下松を睨んだ。

「いいえ、この日買ったのは、虫よけのハッカスプレーでした。翌週のゴルフに備えて買いに行きました」

下松はパソコンの画面から目を離した。

「ハッカスプレーを買ったんですか。わざわざそれを買いに山道具の販売店に行った。ロープは買わなかった…」

「ロープなんか買っていません。北見のハッカスプレーは昔から気に入って使っているんですが、東京では山具店で売っているものですから、買っています。ゴルフの同行者に聞いていただければわかります。ハッカの匂いは特徴的ですから、記憶に残っている筈です」

「ハッカスプレーの他に、ロープも買ったのではありませんか。あなたは、森重勇作さんの犯行に見せかける為に、わざわざ登山用のロープを使って、国崎さんの首を絞めたのではないですか」

西島は、下松の応答に業を煮やしたのか、捜査本部の推理を突き付けた。

「何をバカな事を言っているんですか。何故、私が国崎を殺さなければならないんですか。曲がりなりにも国崎は私の部下です。動機もない私が、殺した証拠でもあるんですか」下松は気色ばんで大声で返した。

「…まあ、この件はいいでしょう。では、事件のあった日の朝のこと、ゴルフ場に到着するまでのことを詳しく聞かせていただけますか。こちらの調べでは、談合坂のスマートインターチェンジを下松さんは、八時二十一分に通過していますが、西新宿のご自宅を出られた時間は、あなたの話では七時五十分に出たと言われました。わずか三十分で談合坂に行くのは、尋常なことではありません。説明していただけますか」

西島の前には、パソコンから打ち出された、ＥＴＣカードの使用履歴が置かれていた。

「本当に申し訳ないことですが、寝坊してしまい、首都高、中央高速を、百五十キロを超えるスピードで走ってしまいました。事故を起こさずに済んで幸いでした」

「…そうですか、では、談合坂からビッグムーンゴルフクラブまで一時間近くかかっていますが、どこかに立ち寄っていたんですか。寝坊したのにおかしいですね」

「朝の遅れを取り戻したので、コンビニに寄って朝食を食べて休みました。あんなスピードで走るとやはり疲れました」

「どこのコンビニですか、鳥沢ですか」

「いいえ、四方津（しおつ）の駅を上野原方面に少し走ったところのコンビニです。三十分ぐらい駐車していたと思います」下松は全く慌てる様子もなく、平然と答えた。

「調べれば判ることです。いい加減なことを言わないでください、下松さん」

西島は、同室の刑事にコンビニでの確認を指示した。

「もう一つお聞きしますが、今日ここに来ることを誰かに話しませんでしたか。例えば昨夜、横澤さんと今日の話をされませんでしたか」

「それはどういう意味ですか」

下松が西島の質問の裏に、何かあると疑っていることが、西島には感じ取れた。

「横澤さんに昨晩会っておられたようですが、何を話されたかという意味です」

「何故それを…、尾行していたんですか。横澤には会いましたが、今日の出頭の話はしていません」

「では今日、横澤さんもここに来ていることはご存知ないということですか」

「え、横澤が…」下松の目が、ほんの少しだけ宙を泳いだ。

横澤の事情聴取は、下松の聴取から一時間程後に始まった。

ＥＴＣカードの使用履歴が刑事の前に置かれ、刑事は、談合坂のスマートインターチェンジの監視カメラの画像に映された車の写真を、横澤の前に置いた。

「横澤さん、ご自宅を出てから談合坂を出るまでは、トイレに入ったことを含めて整合性は取れています。教えていただきたいのは、談合坂からゴルフ場に着くまでの時間が、五十分ほど掛かっています。これはどこかに立ち寄っていたのではありませんか」

「時間に余裕がありましたから、一度行って見たいと思っていた猿橋を見に行ってきました。日本三大奇橋ですから、こういう時でもないと見られませんから」

「何故、この前の聞き取りでそれを言わなかったんですか」

「聞かれなかったので話しませんでしたが、すみません」

「横澤さん、昨日、神楽坂で下松さんと会っていましたね」刑事は単刀直入に聞いた。

横澤が驚き、明らかに動揺したのを聴取の刑事は見た。

「何故、それを警察が知っているのか恐ろしいことですが、確かに会っていました。それがどうかしましたか」横澤は開き直ったかのように答えた。

「下松さんと今日の聴取の件について、何か話をしたのではありませんか。何を話したのか聞かせていただけませんか」

「今日の件は、話していません。何を話したのかはプライベートなことなので言えませんが、ある事の相談に乗っていただきました」

動揺していた横澤が、落ち着きを取り戻していた。

疑惑Ⅱ

空木(うつぎ)は、ホープ製薬の菊田と大森に、昨晩確認した神楽坂の「たかべ」での下松と横澤の飲食の件を伝え、精算したのが下松だったことから、菊田には、しばらくしたら経費精算の有無の確認をしてみるよう依頼した。

大森からは、上司の東京支店長の協力により、内密に横澤副支店長の合併後の経費精算を確認したところ、「たかべ」での精算は出てこなかったが、いくつかの不審な清算が出てきた。すべての案件の確認にはしばらく時間がかかるが、不正を見つけられるかもしれない、と伝えてきた。

二人への連絡を終えた空木は、次に森重勇作に今日の午後、杏雲大学病院に入院中の息子の裕之に話を聞きたいと思っていることを伝え、本人への連絡を依頼した。

空木は、午後のリハビリが終わった森重裕之と、リハビリ病棟の談話室で父親の勇作も同席して面会した。

森重の足は、まだまだ不自由で車椅子での移動だったが、両足ともに感覚が少しずつ戻ってきているらしく、表情は明るく、十日前に会った時よりもずっと前向きになっている印象を空木は受けた。

「森重さん、リハビリ頑張っているみたいですね」

「あんなことをした私が、どんな顔で空木さんに会ったら良いのか、正直恥ずかしいのですが、今はリハビリを精一杯続けることが私のできることと思い、周りの人たちに感謝する気持ちで頑張ろうと思っています」

「そうですか、その一生懸命が、私の好きな言葉の「能く生きる」ということなのです。ご家族もきっと嬉しいでしょう。私もこういう森重さんを見ると嬉しくなります」

森重は、空木の言葉に嬉しそうに微笑んだ。

「空木さんは、最近も山に登っているんでしょうね」そう言って森重は窓の外に目をやった。

「森重さんと三ツ峠山で一緒になって以降は、大月の権現山と扇山に登りましたよ。三ツ峠山からの富士山の眺めとはいきませんが、しっかり見えましたよ」

空木の話を聞く森重の目は、窓からは見えない山々を眺めているように、遠くを見つめる日になっていた。

「ところで森重さんにとって、辛い記憶を呼び起こすことになるかも知れないのですが、お聞きしたいことがあります。いいでしょうか」空木は、森重と父勇作の双方に話しかけるように二人を見ながら言った。二人は頷いた。

「あの日、私と森重さんがいた三ツ峠山に、亡くなった国崎さんもいたことがわかりました」

森重は「えっ」と絶句し、勇作は黙って空木（うつぎ）を見つめていた。

「それは間違いないのですか」森重は混乱しているようだった。

「だから親父は、僕に国崎さんと山の話をしたのか聞いたのか」

「その時はまだ、国崎さんなのか、誰なのかわからなかったのですが、お父さんにも協力していただき、最終的には警察の調べで判ったことですから、お父さんも今の私の話で知ったということです」

「空木さんは、お前の転落に疑問を持ってくれていたんだ。その疑問を解こうとして、国崎さんが、お前が登った山と同じ山に、同じ日に登っていたことに行き着いたんだ。たった一晩、一緒の山小屋にいただけのお前のために、これだけ動いて調べてくれた空木（うつぎ）さんには、感謝しかないぞ」

森重は、勇作の言葉に黙って天井を見つめた。

「空木さん…、妻の由美子からも聞きましたが、私のために調べていただいたこと、本当にすみませんでした。私は、とんでもないことをしてしまったと後悔しています。しかし、何故国崎さんは、三ツ峠山にいたのに私と会おうとしなかったのでしょう」

「そのことは、私も含めて多くの人が疑問に思っていることです。…言いにくいことですが、これはあくまでも私の推測ですが、国崎さんは森重さんを突き落とすチャンスを狙って、森重さんと同じ山に登ったのではないかと思っています。もしかしたらあの日の朝、頂上のどこかに隠れていたかも知れません。そこでチャンスを狙っていたら、森重さん自ら転落してしまった。それは国崎さんも慌てたでしょう。」

「私を突き落とそうとしたなんて…。確証があるのですか」

森重の顔は信じられないと言っていた。

「何の証拠もありません。偽名で宿泊していたという事実があるだけです。偽名で宿泊していたから、あなたが転落したところを見ても通報は出来なかった。その場にいたら疑われる。逃げるしかなかった。結果としては、あなたを突き落としたのと変わらない結果になってしまった」

「偽名で宿泊ですか…」

横で聞いていた勇作が、天井を仰いで大きな溜息をついた。

「それで、改めて森重さんにお聞きしたいのですが、国崎さんとそれまでに話をした中で、国崎さんの態度とか言動とかで気になるようなことがなかったか、思い当たることがあれば思い出していただきたいのですが、いかがですか」

森重は、車椅子の肘掛を握りしめて、黙って俯き考えているようだった。

「思い当たることですか…。一度だけ国崎さんが、話を途中で止めてしまったことがありましたね。話好きな国崎さんでしたから、気分を悪くさせたかと思いました」

「その話を聞かせて下さい」

「いつ頃だったかよく覚えていませんが、私が国崎さんに「旧太陽薬品の株で儲けられたそうですね。合併の発表の前の、うちの株は異常に安かったですからね」と話しかけたように記憶していますが、国崎さんは「誰から聞きましたか」と聞いてきて、私があやふやに答えると「トイレに行く」と言って行ってしまったんです。本当にトイレに行きたかったのかも知れませんが、「おや」と思ったので記憶しています。でもそれが三ツ峠山に登ったことと関係しているとは思えませんが」

森重の話を聞いていた空木は、また太陽薬品の株の話が出てきたなと思いながら、疑惑の想いがまた膨らんだ。

「関係しているかどうかは別にして、話を聞かせていただいてありがとうございました。またお会いしに来ますから、リハビリ頑張ってください」

森重に別れの挨拶をして談話室を出た空木を追って、勇作が声をかけた。

「空木さんにお聞きするのは、筋違いかと思いますが、警察からはその後何も音沙汰がないのですが、私の容疑は晴れたと思っていていいのでしょうか」

「容疑者からは外れたと思いますが、捜査本部は森重さんに掛かって来た電話の相手を捜していますから、電話の声に思い当たったら警察に連絡してあげてください」

勇作は、空木に礼を言って談話室に戻って行った。

空木が病院を出てしばらくしてスマホが鳴った。ホープ製薬の菊田からの電話で、明日の午後三時に営業推進部長の古河が会いたいと言っているので、日本橋のホープ製薬本社まで来て欲しいという話だった。空木は了解した。

国立駅の北口を出た空木は、日が暮れた歩道を平寿司へ歩いた。

「いらっしゃいませ」の声に迎えられて、いつものようにカウンター席に座った空木は、いつものようにビールを注文した。

カウンター席の端には、先客で証券会社のOBの梅川が日本酒を飲んでいた。

前回梅川に会った時、空木は不正、スキャンダルについて梅川に聞き、証券会社では金銭、異性関係のトラブルの他に、インサイダー情報の漏洩、インサイダー取引があるという話を聞いた。

「梅川さんに教えて欲しいことがあるんですけど、聞いていいですか。まだ酔っていませんか」空木は、店員の坂井良子が運んできたビールを飲みながら聞いた。

「大丈夫、まだ酔っていないよ、これからだ。何を教えて欲しいのか知らないけど、私でわかることならご教授して差し上げましょう」

空木が、もう酔っているんじゃないかと思うぐらい、梅川の機嫌は良かった。

「インサイダーについてなんですけど、上場企業同士の合併の時のインサイダーは、特に注意が必要だと思いますが、どうなんですか」

「その通りです。証券取引所も目を光らせていますから、幹事会社となった証券会社は勿論、合併当事社の担当役員は、合併が公表されるまでは極秘中の極秘扱いで、家族にも合併情報は話せません。それをマスコミ、特に経済担当記者はスクープとして必死で探るんです。役員は、合併公表後は証券取引等監視委員会というところに、公表前後の株取引が存在しないか、徹底的に調査されますから、インサイダー取引は不可能ですよ」

「もし、公表前に情報を漏らしたらどうなるんですか」

「情報を漏らした結果、一人でも金銭的な利益を得たら犯罪です。もしも、組織的にやったとしたら、証券取引所、金融庁から厳しく処分を受けて、下手したら企業存続に影響するかも知れませんね。関係した人間は、懲役刑、罰金刑の刑事罰を受けますから、懲戒処分で解雇になるでしょう」

梅川は気持ちよさそうに日本酒を口に運んだ。

「厳しい処分を受ける訳ですね」

空木は、ビールを空け、鉄火巻きと烏賊刺しを注文した。

煙草を吸いに店の外に出た空木には、ある推理が浮かんでいた。その推理を如何に立証していくか、それが明日面会する予定の古河(こが)と菊田から依頼された仕事の結果に繋がっていく筈だと、空木は考えていた。

翌日の午後三時少し前に、日本橋本町にあるホープ製薬を訪れた空木は、役員応接室に通され、菊田とともに古河が部屋に現れるのを待っていた。

「菊田さん、ここは役員応接室ですよね。どうしてなのですか」

空木は、応接ソファに浅く腰を掛けて、落ち着かない様子で部屋内のあちこちを見廻していた。

「一階の応接室を予約しておいたのですけど、部長がここに変更したんです」

内密の話をする為に、古河がわざわざ場所を変えたのだろう、と空木は推測した。

三時を十五分程回って、二人の男が応接室に入って来た。古河一人だと思っていたところに二人が入って来て、空木は「おや」と思いながら、ソファから立ち上がった。

「お待たせして申し訳ありません」眼鏡をかけた小柄な男が、詫びながら空木に近寄った。

「空木さん、初めまして私が古河ですが、弊社の常務が同席しますので、先にご紹介させていただきます。事前にお話ししていなくて申し訳ありません」古河はそう言うと、常務という男の脇に寄った。

「星野です。古河部長から話は聞いています。面倒を掛けますが、宜しくお願いします」

物腰の柔らかい、初対面でも安心感を与える役員だと空木は思いながら、名刺の交換をした。名刺は、常務取締役管理本部長　星野孝夫とあった。続けて古河とも、改めて名刺交換し挨拶をした。

常務が同席することの意味を、空木は頭をフル回転させて考えた。

星野は、旧太陽薬品の社員のトップに位置する人間の一人だろう。旧ホープ製薬のトップに位置する一人が、同じ常務で営業本部長の神田であろうから、これは社内政争に完全に巻き込まれたかと思った。

「空木さんが戸惑っておられるのはもっともです。私と菊田の二人と会うものだ、と思っていた筈ですから当然です。実は、空木さんにお願いした今回の依頼は、常務の了解をいただいた上で依頼させてもらったことです。言うなれば常務が依頼者ということで理解してください」

古河の説明に、空木は「わかりました」と言って頷いた。

ドアがノックされ、秘書の女性がコーヒーを置く間、しばらくの沈黙が続き、秘書が出た後、また古河が話し始めた。

「空木さんに調査を依頼して、まだ一週間余りですが、何か感触めいたものは掴めましたか」

「感触というよりも、私の知り得た事実をお話ししますが、現時点で下松さんと横澤さんは、国崎さんの殺害事件の容疑者と見られて、警察の聴取を受けています」

「二人が容疑者ですか」淡々と話す空木の話に、古河が驚いて聞き直した。

「あくまでも容疑者ですから、犯人ではありませんが、捜査の行方次第では、不正、スキャンダルどころの話ではなくなります。しばらく様子を見られたらいかがでしょう」

「それも一つの方法かも知れませんね」古河はそう言って常務の星野を見た。

「…、確かにそれは会社にとっても重大事です。ただ私は、彼らが事件を起こす、起こさないに拘らず、何かがあるように感じています」

星野はコーヒーを口に運んで、空木にもコーヒーを勧めた。

「星野さんが何かを感じているように、私も感じていることがあります。それを調べてみませんか」

空木は、星野を常務と呼ばずに「星野さん」と呼んだ。組織の人間ではないことを、改めて主張したつもりだった。

「調べてみるというのは、我々と空木さんが、一緒に調べるという意味ですか」

「いえ、私では調べることが出来ません。星野さんたちに調べていただかなくてはなりません」

「我々しか調べられないというのは…」

「株です。合併以前の旧太陽薬品の株で、不正がなかったか調べてみてはいかがでしょう」

「それは合併情報の漏洩、インサイダー取引ということですか」

星野が眉間に皺を寄せて聞くと、空木は「そうです」と言って頷き、「これは、合併したホープ製薬にとっては、致命傷にもなる可能性もあると思われます」と言った。

星野はしばらく考えた後、秘書を呼び、総務課の課長を呼ぶように指示した。

「空木さんは、何故インサイダーがあったと思われたのですか」端に座っていた菊田が初めて口を開いた。

「話せば長くなるのですが、森重さんの転落事故から糸を手繰(たぐ)っていったら、旧太陽薬品の株が出てきたということです」

「言っている意味が私にはよくわかりません」菊田はそう言って、首を捻りながらコーヒーを飲んだ。

「失礼します」と言って空木に名刺を渡したのは、星野に呼ばれた荒浜という男だった。

名刺は、総務課長　荒浜聡とあった。

「空木さん、合併交渉にあたった役員は、ホープ側が現社長と神田常務、太陽側が現副社長と私の計四人でした。合併に合意して発表した十月一日までの三か月ぐらいは、四人で極秘のトップ交渉をした訳ですが、太陽薬品の株で利益を得たとすると、その交渉している間に株を買って、公表後に値が上がったのを見て売ったということでしょう。だとすると我々四人のうちの誰かが、インサイダー情報を漏らしたことになります」

「幹事の証券会社の可能性もありますが、証券会社の社員は、非常に厳しい監視下に置かれていますから、考えにくいでしょう。やはり星野さんが言われた通り、意図して漏らしたのか、そうでないかは別にして、その可能性が高いと言わざるを得ません」

端のソファで話を聞いていた荒浜の顔が、次第に強張っていくのが空木には見えた。

「調べるのは、下松部長、横澤副支店長、村内課長、そして亡くなった国崎課長の四人ですか」菊田が身を乗り出して聞いた。

「はい、その四人の方たちが、合併前に旧太陽薬品の株を買って、公表後に売っているかどうかです。役員の方たちは、合併公表後に証券取引等監視委員会がチェックしていますから、調べる必要はないと思います」

「荒浜課長、ここまでの話で大体のことは理解してくれたと思うが、合併公表前後に、インサイダー取引があったかどうか調査しなければならない。会社の存亡に関わることでもあり、内密に調査してほしい。総務部長も旧ホープだ、念のため内密にしてくれ」

「わかりました。合併公表半年前と公表直前の基準日の株主名簿を調べてみます。そこに名前があれば、次の基準日の株主名簿を調べることで、買ったことも売っているかどうかも判断できると思います。あとは名簿管理人に調査を依頼すれば、購入時期、購入した証券会社が判ると思いますが…」

「わかった、それで頼むよ」

星野の言葉には力が無かった。インサイダー取引が事実だとしたら、その後の対応をどうするか考えているように、空木には見えた。

星野と荒浜が応接室を出るのを待っていたかのように、古河がスーツの内ポケットから封筒を取り出して空木の前に置いた。

「すでに空木さんには、調査に動いていただいているようなので、調査費が発生していると思います。これは調査料の前払い分です。受け取ってください」

菊田が、領収書を空木の前に出して「空木さん驚きました。ありがとうございました」

と言った。

古河と菊田とは役員室のある階のエレベーターホールで別れ、空木はホープ製薬のビルを出た。

その空木を追って、総務課長の荒浜が声を掛けてきた。

「空木さん、先程ご挨拶させていただいた荒浜です」

空木は、突然の声掛けに驚いて振り向いた。

「空木さんは、万永製薬の村西さんと親しいそうですね。先月ですが、村西さんから突然電話があって、空木さんから連絡があったら会ってやってほしいと言ってきたんです。空木というのは珍しい名前なので、覚えていたのですが、今日こんな形でお会いするとは、びっくりしました」

空木は、退職した万永製薬の同期の村西良太の名前を聞いて、驚き「あっそうか」と声を出した。

「村西の知り合いの旧太陽薬品の方でしたか。それは大変失礼しました。村西とは辞めた万永製薬時代の同期なんです。今後ともよろしくお願いします」

空木は頭を下げた。

空木は神田駅まで歩く間に、大月中央署の西島に連絡を入れて、明日の面会の約束を取り付けた。そして、あと一人、村西良太の携帯電話に「持つべきものは友だ、ありがとう」の伝言を入れた。

翌日の土曜日、大月中央署の捜査本部は、刑事課長と西島の他、数人の捜査員が詰めていた。


空木は、西島たちと一緒に会議室に入った。

「下松さんの張り込みは続いているのですか」

「いえ、一昨日の聴取以後、止めました」

「事情聴取では収穫がなかった訳ですか」

西島は、刑事課長を見ながら悔しそうな顔で「状況証拠は揃っているのですが」と呟くように言った。

「空木さんの調査は進んでいるのですか。死んだ国崎が、三ツ峠山に偽名で泊まっていた理由(わけ)は、わかったのですか」

「これということを掴んだ訳ではないのですが、今、調べていることがあります。ただこれは、依頼者の関係上お話し出来ません」

「それは、国崎殺害にも関係ありそうなのですか」

「わかりませんが、私の推理通りなら関係する可能性が高いと思います」

「動機に繋がるということですか」

空木は、西島のその問いには答えずに話を続けた。

「調査の結果、私の推理が確信になったら西島さんに連絡します。それよりも気になることがあります。下松と横澤の関係なのですが、西島さんはどう思いますか」

空木は、神楽坂の「たかべ」で二人が会っていたことがずっと気になっていた。

「共謀の可能性も疑ってはいますが、しっくりこないんです。課長はどう思いますか」

「口裏を合わせているようには思えないが、状況的には、空白の時間帯が共通して存在していることは疑わしい」

「空白の時間帯というのは、あの事件のあった日のことなのですか」

西島は、空木（うつぎ）の質問を聞き、刑事課長に目をやった。課長が頷くのを見て西島は、下松、横澤の二人が、それぞれ談合坂のスマートインターチェンジを出てから、ビッグムーンゴルフクラブに到着するまでの時間差と、二人の説明内容を話した。

「二人が、共謀していないとすると、別々に僅かな時間差で現場に行っていた可能性もあるのではないでしょうか。あくまでも私の推理ですが、この写真を見て不思議に思ったことがあります。このロープの結び方なんです」空木はそう言って、スマホで撮影した、梨の木平で国崎が絞殺された現場写真を二人に見せた。

「こんな写真を撮っていたのですか」

「勝手なことをしてすみません。撮影許可はいただけないだろうと思って、警察が現場に来るまでの間に撮っておきました。そんなことより、この写真のロープの結び方です。被害者の首に近い方はエイトノットという登山や、ヨットでよく使う結び方ですが、柱に結ばれた結び方は、ごく普通の駒結びなんです」

「空木さんは、二人の人間が別々に結んだと言いたい訳ですか」西島はそう言うと腕組みをした。

「あくまでも推理ですが、エイトノットで結ぶ人間が、片方だけ駒結びにするとは考えにくいんです。一度結んだロープを、別人が何らかの理由で結びを解いて、また結んだがエイトノットで結べなかったのではないか、つまり、先に結んだ人間は、エイトノットが結べる人間で、二人目は結べない人間です」

「課長、もしかしたら、被害者の首の策条痕が二重についていたのは、二度絞められた痕だったかも知れません」

「一度死んだ人間を、もう一度絞め殺すのか」

「課長さんこれも私の推理ですが、被害者は、最初に絞められた時は、いわゆる「落ちた」状態だったのではないですか」

空木は、同級生の石山田が国分寺東高校の柔道部員だった頃、瞬間的に意識を失う意味の「落ちた」「落ちる」という話をよくしていたことを思い出していた。

「その後、現場に来た人間に、息を吹き返したところをまた絞められた、ということですか」西島はそう言うと、腕組みを解いて上体を乗り出した。

空木はまた考え込んだ。一度目に首を絞めたのは下松、二度目に絞めたのが横澤だと仮定する。下松は計画的に国崎を殺害しようとした。では、何故横澤は現場に行ったのか。もしかしたらゴルフ場の入口で、偶然二人を見たのではないか。そして下松が首を絞める現場を見た。下松がゴルフ場に向かったあと、横澤は現場を確かめに行って国崎の首にロープが巻かれているのを見た。そこでたまたま息を吹き返した国崎を、柱から解いたロープで殺した。一度死んだ筈の人間を、また殺しても罪にはならないとでも思ったのか。

しかし、息を吹き返した国崎を何故殺す必要があったのか。生き返って欲しくなかったのか、殺したかったのか。

その時、空木の脳裏に、下松のすれ違いざまの「くそ」という呟きが浮かんだ。横澤は、下松を脅そうと思ったんだ。いやもう脅している筈だ。

「課長さん、西島さん、横澤さんが証拠の写真を持っているかも知れませんよ」

空木の突然の話に、二人は一瞬言葉を失い呆然とした。

空木は、二人に神楽坂の「たかべ」での下松の様子も含め、自分の推理を説明した。

「突拍子もない推理でしょうか」

「そうとばかりは言えないですよ。横澤は、下松と国崎が梨の木平に一緒にいる場面を撮影していた。そして、脅しに使うことを考えた」

西島の声は大きくなっていった。

「横澤が、下松を脅しているとしたら、金の受け渡しなり、何なりで二人はまた必ず会う筈です。課長二人を張りましょう」

刑事課長は、「やろう」と言って立ち上がった。

その日の夜、空木は石山田と平寿司で飲んだ。鉄火巻き、烏賊刺しを肴に、ビール、芋焼酎といつものように二人は飲んだ。ちらし寿司を肴に石山田は、空木の焼酎ボトルで水割りを作って、飲みながら空木に言った。

「健ちゃんお手柄かも知れないね。ただ、これから下松という男がどう出るか、窮鼠猫を噛む、にならなければいいけどな」

石山田の言葉に、空木は考え込んだ。

殺意

日曜日の朝、世田谷西警察署に緊急通報が入った。

早朝の散歩中の男性から、世田谷区赤堤の公園で、ブランコ台から吊り下がった状態の首つり死体を発見した、という通報だった。

空木は、昼のテレビニュースを見て言葉を失った。

「世田谷区の公園で、会社員、横澤和文さんが首を吊った状態で発見されました」

アナウンサーの伝えるニュースが空木には信じられなかった。

空木は直ぐに、大月中央署の西島の携帯に電話を入れた。

「西島さん、今テレビのニュースを見ました」

「重要な容疑者が死んでしまいました。張り込みに入るのが、一日遅れてしまったのが悔やまれます。課長が所轄の警察署に連絡を入れているところで、我々も現場に向かうところです」

「現場というのは、世田谷の公園と言っていたところですね」

「ええ、赤堤の赤松公園だそうです」

「テレビでは首を吊った状態と言っていましたが、西島さん、結び方をよく見てみてください」

「そのつもりです」

電話を切った空木は、捜査本部も自分と同じ推測なのだと感じた。

西島と話している間に、ホープ製薬の菊田から留守電が入っていた。

世田谷西署に入った西島は、刑事課長の鈴木に挨拶し、状況の説明を受けた。

「大月中央署の課長さんから、そちらの捜査状況は伺っています」鈴木はそう言ってから状況を話した。

今しがた届いた司法解剖の結果では、横澤和文の死亡推定時刻は、昨夜の十時から十一時、体内からは細いうどんとアルコールが検出された。死因はロープによる窒息で、索状痕は首に二重についていた。使われたロープは工具用のナイロン製ロープで、太さ九ミリ、長さ七メートル三十センチ弱。遺留品は、腕時計、財布、小銭入れ、自宅の鍵で、持っていた筈のスマートフォンは無かった。

現場周辺の鑑識結果としては、ブランコ台付近に多数の靴跡が残されていて、いくつかの靴跡が採取された。

被害者の自宅からは遺書も見つからず、家人によれば、昨日の被害者の足取りは、会社の集まりで夕方五時半過ぎに神楽坂に出かけて行って、家には戻っておらず、ロープも所有していなかったことから、世田谷西署は絞殺による殺人事件と断定し、捜査本部を設置した。

現状は最寄り駅から現場までの防犯カメラの確認と、公園周辺の聞き込みを開始していることを、西島らに丁寧に説明した。

そして鈴木は、現場写真を何枚か西島の前に置いた。西島は拡大鏡を手にして、持ってきた国崎殺害の現場写真と見比べた。

「これはエイトノットだ」そう言った西島は、直ぐに大月中央署に居る課長に報告し、相談した。そして改めて鈴木に依頼をした。

「鈴木課長にお願いがあるのですが、殺害された横澤の自宅のパソコンの保存データの任意提出を要請していただけませんか。そこに、我々の事件とこちらの事件を解決するカギが入っている可能性があります」

鈴木は、それを大月中央署の正式な要請として、承諾した。

世田谷西署を出た西島たちは、現場の赤松公園へ向かった。

横澤が吊り下がっていたブランコ台の周囲は、立ち入り禁止のテープで囲まれ、警官が現場保存の警戒に当たっていた。

赤松公園から横澤の自宅までは、徒歩五分の距離の近さにも拘わらず、家に寄っていないということは、誰かと一緒だったか、誰かと公園で会う約束をしていた可能性があるのではないかと西島は考えた。

公園から西島たちは、西新宿五丁目の下松の住むマンションに張り込んでいる捜査員の応援に向かった。

西島との電話を終えた空木(うつぎ)は、留守電が入っていた菊田に折返しの電話を入れた。

菊田も横澤の死亡をテレビのニュースで知って、空木と同様に驚き、電話を入れてきていた。

「ところで菊田さんは、エイトノットは結べますか」

「突然ロープの結び方ですか。思い出しながら、ゆっくりなら結べると思いますよ」

「下松さんは、結べるかどうかご存知ありませんか」

空木の問いに菊田は知らないと答えた。そして、旧太陽薬品の株の調査は、判明次第連絡すると言って電話を終えた。

空木は、大森が気になり、スマホの登録リストから大森安志を選び、キーを押した。コールは鳴っていたが、運転中なのか電話に出ることはなかった。

しばらくして菊田から再び電話が入った。

「空木さん、大森の奥さんから今電話がありまして、「いやな予感がする」大森が死ぬんじゃないかって言うんです」

「死ぬとは、どういうことなんですか」

「詳しいことは話してくれませんでしたが、それらしいことを匂わせる置手紙があった、というんです。それで大森の携帯に電話を入れましたが、通じません。伝言だけでもと思って入れておきましたが、心配です」

「行き先に心当たりはありませんか」

「思い浮かびません。警察に相談しますか」

「奥さんに、明日の朝までにご主人が帰らなかったら、最寄りの警察に届けるように言ってあげてください。届けを出しても探し出してくれるとは限りませんが…」

電話を切った空木は、ベランダへ出て西の方向を眺めた。丹沢の山並みと、富士山が綺麗に望めた。

煙草を吸いながら考えた。横澤が死んだこのタイミングで、大森が失踪したのは偶然だろうか。何故失踪したのか。横澤の死と大森の突然の失踪が関係しているとしたら、大森はどうするつもりなのか。空木にも悪い予感が走った。

一時間程して、菊田からまた電話が入った。

「大森と連絡が取れました」

「それは良かった。それで大森さんの様子はどうでしたか」

「声を聞く限り落ち着いている感じでしたが、どこに居るのか言いませんでした。ただ、最後に三人の思い出の山に行くと言っていました。もしかしたら、我々同期三人で行った三ツ峠山のことではないかと思ったのですが……」

「私もそう思います」

「どうしましょうか」

「……。私に考えがあります。ある人に連絡してみますから、しばらく待っていてください」

空木の頭に浮かんだのは、三ツ峠山荘の主人だった。あの主人なら力になってくれると考えた。幸い今日は、日曜日で主人は間違いなく山荘にいる筈だ。

空木はスマホのリストから山荘の主人の携帯電話の番号を探し出した。

「空木です。ご主人にまたお願いがあります。人の命に係わることです。力になってください」空木はそう言って、事のあらましを説明し、大森という男を見つけたら保護しておいてくれるよう協力を依頼した。

「何があったのかわからんが、この山で事故が起こるのは面倒なので、それらしい人を見かけたらあんたが来るまでここに居させるよ。眼鏡をかけた単独行の男だな」

「見つけたら連絡してください。迎えに行きます」

空木は山荘の主人に礼を言って電話を終え、菊田に状況を連絡し吉報を待った。

山荘の主人からの連絡は、それから一時間余りが経過した四時前に入った。

空木と菊田の予想は当たった。

翌日早朝、空木は高尾駅で、菊田の運転する車に合流同乗し、三ツ峠山の登山口の駐車場に向かった。

到着した駐車場には、大森の車と思われる一台の車が駐車していた。空木はそこから三ツ峠山荘の主人に連絡を取り、大森を乗せた山荘の四駆が下ってくるのを待った。

「おはようございます。ご主人ご協力ありがとうございました」空木は、車から降りてきた主人に頭を下げた。

「久し振りです、空木さん。大森さんという人は、自殺する心配はなさそうだよ。何か人には言えない、覚悟みたいなものはありそうだが」主人は空木の耳元で、小声で言った。

「空木さん、菊田、心配掛けて申し訳ありませんでした」大森は二人の前まで歩いて来て、頭を下げた。

空木の帰路は、大森の運転する車に同乗することになった。大森は菊田に、別れ際「心配してくれてありがとう。友情は絶対に忘れない。これからも俺の家族と仲良くしてくれ。宜しく頼む」と丁寧に言葉を掛けた。

三人は、山荘の主人に別れを告げて峠を下った。

中央高速の笹子トンネルを過ぎた辺りで、ずっと黙って運転していた大森が、空木に話しかけた。

「サービスエリアでコーヒー飲んでいきませんか」

「そうしましょう」

談合坂サービスエリアの駐車場に車を停め、大森は缶コーヒーを二本買って、ベンチへ歩いた。

一本を空木に渡し、ベンチに並んで座り、缶コーヒーを一口、二口と飲んだ。

空木は、ここまで来る車中からずっと、他人を受け入れない大森の雰囲気を無言の中に感じていた。覚悟みたいなもの、と言っていた山荘の主人の言葉が浮かんだ。

「空木さん、私はこれから警察へ行かなければなりません」

数秒間の沈黙の後、「横澤さんの件ですか」空木が応じた。

しばらくの時間、二人は缶コーヒーを飲みながら、黙って都留(つる)の山々を眺めた。

「横澤は許せない人間でした。でも殺そうと思ってあの夜、会いに行った訳ではありませんでした。下松部長が横澤をロープで絞めているところに出くわしてしまったことが、始まりでした」

空木は、やはり下松が横澤を殺そうとしたのだと、冷静に大森の話を聞いた。

「それで下松さんは」

「逃げました。暗くて私を確認出来なかったと思います。倒れている横澤に近づくと、横澤はピクリと動きました。それを見て殺したいという殺意が湧きました。その殺意はどうしようもなく急激に膨らみ止めようがありませんでした。気がついた時には、勝手に下松部長が使ったロープで、横澤の首を絞めていました。でも横澤が死んだのを見て、怖くなり自殺に見せかけようと、ロープを首に巻き付け、ブランコ台に括りつけました」

「大森さんは、何故横澤さんに会おうとしたのですか」

大森は、缶コーヒーを手に持ったまま、山を見ているのか、青い空を見ているのかわからない視線を中空になげて、しばらく沈黙した。

「私の妻は、横澤に性的暴行を受けました」

空木（うつぎ）は大森の言葉に、一瞬体が固まった。

「もとは横澤の誘いに乗ってしまった私の所為なのです。二度ほど横澤の誘いで私たち夫婦は食事をしました。ある日妻は、私の将来の為にと言う横澤の言葉に騙されて、誘い出されレイプされました。九月の土曜日だったそうです。妻は一人で苦しんだと思います。体調を崩し、死にたいとも言い出しました。事情をやっと最近話してくれました。横澤は、以前から妻に目を付けていたようです。それで、私はあの夜、横澤に会って、会社を辞めて私たちの前から去って欲しいと伝えるつもりでした」

「それであの公園で待ち合わせた」

「はい、車を公園付近に停めて、約束の夜十時を待ちました。そうしたら、横澤の二、三十メートル後に下松部長がいたんです。車をおりてしばらく離れたところから見ていましたが、様子がおかしいので近付いたら、あとはさっき言った通りです」

「辛い話をさせてしまいましたね。奥さんを愛しているんですね」

「妻を守ってやれなかった……」

大森の眼鏡の奥からは、涙が溢れていた。

「苦しかったでしょうね。奥さんの為にも、罪を償ってやり直しましょう」

空木は、横に座っている大森の膝に手を置いた。

空木は、ベンチを立って、大月中央署の西島に電話を入れ、横澤の事件の管轄警察署を確認するためだったが、西島は電話に出るなり言った。

「空木さん、横澤のパソコンに、梨の木平で下松と国崎が一緒に映っている写真がありました。空木さんの推理通りでした。今しがた下松の逮捕状を取りました」

西島の声が、興奮して昂(たかぶ)っているのが、電話越しの空木にもわかった。

　横澤の事件の管轄警察署の確認を終えた空木は、大森の車に再び同乗した。

　空木に全てを話したためか、運転を交代する必要もない位に大森は落ち着きを取り戻していた。

「大森さんは、エイトノット結びは出来ますか」

「ええ、出来ます。横澤を縛った時もエイトノットで結びました」

「下松さんは、エイトノット結びが出来るかどうかご存知ですか」

「下松部長は、エイトノット結びは得意ですよ。小学校から高校までボーイスカウトに入っていたらしくて、エイトノット結びは自慢していたくらいです」

　証拠の写真が出てきた今となっては、下松のエイトノット結びがどれ程の意味を持つのか、空木（うつぎ）には疑問だったが、自分の推理に間違いがなかったことに、不思議な満足感を感じていた。

「それとＫＫＫが判かりました。神田常務を囲む会のことのようです」大森が落ち着いた声で言った。

「それはどうして判ったんですか」

「横澤に面会を申し入れた時、今日は神田常務を囲む会だからダメだ、と言って夜の十時に会うことになったんです。その時に、そうか、神田の「か」、囲むの「か」、会の「か」なのかと判ったんです」

助手席の空木は、「そうだったんですか」と言いながら、この情報も今となっては、あまり意味のないことかも知れないと思った。

午後三時過ぎ、世田谷西警察署に着いた大森は、空木に付き添われ自首した。

大森の供述を受けて、その日の夕方、既に大月中央署に逮捕されている下松に対して、二つ目となる逮捕状が出された。

世田谷西署で事情を聴取された空木が、国分寺光町の事務所兼自宅に戻ったのは、陽もとっぷり落ちた、六時を少し回った時刻だった。冷蔵庫から缶ビールを出してテレビをつけた。

「飲食店経営、高部悦子さん四十七歳が自宅マンションで、死体で発見されました。死後二日ほど経過していて、首に絞められた痕があり、警察は殺人事件として捜査を始めました」という女性アナウンサーの伝えるニュースに、空木はビールの缶を落としかけた。

神楽坂の料理屋「たかべ」の女将なのだろうか。空木は、国分寺署の同級生、石山田に電話をして事情を説明し、テレビのニュースで報じられた事件の、所轄警察署が飯田橋警察署であることを確認した。

夜のテレビニュースは各局でこのニュースと、大森安志が自首したニュースを報道した。下松逮捕の報道は、東京の事件ではないためか、テレビでは報道されなかったが、翌日の新聞では高部悦子殺害事件、赤松公園の横澤和文の事件とともに報じられた。ホープ製薬が大変な朝を迎えているだろうということは、空木にも容易に想像できた。

菊田から電話が入った。

「空木さん、大変なことになりました。会社は大混乱ですが、大森のことが私には大きなショックです。あいつの覚悟というのはこれだったのかと思うと残念です」

「菊田さん、大森さんは計画的に殺人を犯した訳ではありません。大森さんは、大きな過ちをしてしまったことは間違いないことですが、いつか大森さんの心情を聞く機会あれば、その辛さを聞いてあげて下さい。友を信じてあげてください」

「空木さんは事情をご存知なのですね」

「はい、菊田さんと別れた三ツ峠山からの帰りに全てを話してくれました。菊田さん、大森さんのご家族の力になってあげてください」

「…、わかりました。それから、旧太陽薬品の株のことですが、調査した四人全員が、合併公表直前に買って、公表後に売っていました。これから星野常務たちと、インサイダー情報の流出元の調査をどうするかの相談をすることになっているのですが、空木(うつぎ)さんにも出来るだけ早く来ていただけませんか」

空木はやはりそうだったか、と思いながら了解した旨を伝えた。

菊田との電話を終えた空木は、飯田橋警察署に電話をした。

空木の電話は、捜査本部の杉川という刑事課長に回された。空木が住所、氏名を名乗り、死亡した高部悦子の経営する飲食店の名前を確認したいと言うと、「あなたが空木さんですか」と思いがけない反応に、空木は「えっ」と驚いた。

「今朝がた大月中央署から、殺害された女性が経営する飲食店の名前は「たかべ」なのかという問い合わせがありまして、同じような問い合わせが空木という探偵からあったら、捜査の役に立つかも知れないから一度話を聞いてみたらどうか、と言っていたという訳です。捜査はまだ始まったばかりで、情報を集めているところですから、空木さんからも話を聞かせていただければありがたい。協力者として来ていただけませんか」

空木は、一瞬ためらったものの、「役に立つ」と言ったのが西島だろうと思い、今日の午後訪問することを約束した。

急遽呼び出されたホープ製薬の役員応接室には、常務の星野の他に営業推進部長の古河(こが)、菊田そして総務課長の荒浜というメンバーが待っていた。

星野に促されて、荒浜が調査の結果を報告した。

「調査した四人は、旧太陽薬品の株を一昨年の八月半ばから九月半ばにかけて、五千株から二万株を興陽証券他から購入し、合併が公表された十月一日以降に売却しています。購入時の株価は八百円から八百五十円、売却時は千二百円から千五百円の株価で売却しており、取得利益は二百万円から一千三百万円になります」

荒浜の報告を聞いて星野が口を開いた。

「あとは監視委員会に告発して、インサイダー情報の流出元の調査を託すのか、我々で内部調査を進めるか、なのだが…」誰に聞くともなく星野は呟くように言った。

「内部調査で聞き取りをするにしても、四人のうち話を聞けるのは、古河部長のところの村内課長だけです。二人は亡くなり、一人は逮捕されています。村内課長が、死んだ二人のどちらかから聞いたと言ったら、それで調査終了になります」そう言って菊田はお茶を飲んだ。

「星野さん、高部悦子という女性の、旧太陽薬品の株の売買を調べてくれませんか」

「高部悦子ですか」

「神楽坂の料理屋「たかべ」の女将です。ニュースで報道された、殺害された女性ですが、神田常務と懇意にしていた女性で旧太陽薬品の株で儲けている筈です。もし時期が四人と同じ時期だとしたら、インサイダー情報を神田常務から知った可能性があるのではないでしょうか」

空木(うつぎ)の提案に星野は、荒浜の顔を見て直ぐに調べるように指示をした。それを見た空木は星野に改めて聞いた。

「星野さんにお聞きしたいのですが、インサイダー取引をした四人は、何故自社のホープ製薬の株ではなく、合併相手先の太陽薬品の株にしたんですか」

「それは当時の太陽薬品の株価は、新薬開発の失敗でかなりの安値が続いていましたから、利益幅が大きいと踏んだのだと思います。それと自社株では社内チェックされる、と考えたのではないでしょうか」

星野の話を聞き、合併を金儲けのチャンスと考え、そして保身、保全に執着する人間が幹部の中にいる会社を、若い社員たちはどう思うだろうかと空木は想像した。誇りに思える会社にできるのだろうか。

頑張って欲しいと願いながら、星野たちに挨拶をして空木はホープ製薬を後にした。

曇り空の日本橋界隈は、昼食の為か歩いているサラリーマンが多かった。

空木は思い出したかのように、大月中央署の西島に電話をした。昼食の時間で、下松の取調べも休憩に入っているだろうと思いながら、西島が電話に出るのを待った。

「空木さん、飯田橋署にはもう行きましたか」

やはり、西島は昼の休憩に入っているようだった。

「いえこれからなんですが、西島さんに伝えておきたいことがありまして電話しました」

「もしかしたら、国崎殺しの動機に繋がる調査の件ですか」

「繋がればいいのですが、調査の結果、下松と国崎は他の二人とともに、インサイダーの株取引をしていたことが判りました。ここからは私の推理ですが、下松と国崎は、森重裕之にそのインサイダー取引の調査をされていると思い込み、国崎に株取引情報を漏らした責任を取るよう命じたのではないかと思います。そして、その調査が転落して入院してしまった森重裕之さんから、父親の勇作さんに引き継がれたと考えた。下松は、これ以上口の軽い国崎を生かしておくのは危険だと判断したのではないかと考えたと思います。恐らく下松は、自分はもとよりインサイダー情報を流した大元にいる役員に、重大な危機が及ぶことを避けなければならないと考えたと思います。間もなく証券取引監視委員会が動く筈です。このことを下松に伝えてみたらいかがでしょう」

「今聞いたインサイダー取引の件を、空木さんの推理と合わせて使わせていただきます。ありがとうございます」

西島への連絡を終えて、空木はもう一度自分の立てた推理を考えてみた。

下松は何故、森重の父勇作を扇山の山頂に呼び出したのか。考えられることは、勇作の名前で送られてきた手紙を読んだ国崎が、万が一、確認のために勇作に連絡を取った時の用心のためだったのではないか。国崎に怪しまれずに、梨の木平に呼び出すには必要なことだった。勇作の名前を使った手紙を国崎が読んだことを確認してから、国崎の携帯を使って勇作に電話を入れたのだ。勇作の犯行に見せかける為でもあったかも知れないが、それよりも国崎を確実に梨の木平に行かせたかったためで、逆に勇作と国崎が顔を会わせないようにする為に、勇作には扇山の山頂に十二時にしたのだ。

空木は、神田駅近くの立ち食い蕎麦屋で昼食を食べ、午後一時過ぎに、飯田橋署に着いた。

空木は、刑事課長の杉川に名刺を渡して挨拶した。

「空木さんは、高部悦子さんとはどういうご関係ですか」杉川は、空木の名刺を見ながら聞いた。

「単なる店の客です。行き始めてまだ十日ぐらいで、三回通ったところです」

「それで今回の事件で問い合わせをされたのは、何か気になることがあったのですか」

杉川は、初対面の空木に疑い深そうな目を向け、探偵が何を言い出すのか聞き耳を立てているかのようだった。

「すでに聞き込みなどで課長さんの耳に入っているかも知れないのですが、「たかべ」の常連客の中で、ホープ製薬という会社の人間が、二人殺害され、一人が殺人容疑で拘束されています」

「それは大月中央署の西島さんから聞いています。西島さんが、あなたには捜査に協力してもらっていると言っていました」

「それで、その人間たちの集まりが、高部悦子さんが殺害された土曜日に「たかべ」であったということをご存知でしょうか」

「集まりだったかどうかは知りませんが、土曜日の客も含めて、店の名刺ホルダーに入っている客は、全て聞き込みに当たっているところですが、その集まりの客の中に容疑者がいると空木さんは考えているということですか」

杉川の口調から、空木の推理に対する杉川の反応は薄いと空木は感じた。

「その集まった人間全員が、株のインサイダー取引をしていた、或いはしているかも知れないのです」

杉川の目つきが変わった。

「それは犯罪ですよ。確かなことなのですか」

杉川はいい加減なことを言うなと言わんばかりだった。

「犯罪です。近いうちに警察も、証券取引監視委員会も動き始めると思います」

杉川は腕組みをして考え込んだ。

「そこで、何があったのかわかりませんが、「たかべ」の女将と最も親しい人間は、神田という常務です」

「その常務が怪しいと、空木さんは考えている訳ですか」

空木は、無言で頷き、杉川は腕組みを解いて机に体を乗り出した。

「被害者のマンションの防犯カメラに写っていた男は、マスクをし、ジャケットを着た年配者としかわかっていませんし、部屋内の指紋も拭きとったのか残されていません。セキュリティーがしっかりしたマンションにも拘わらず、玄関ドアの鍵はかかっていなかったことから、顔見知りの人間を部屋に招き入れた後、扼殺されたと睨んでいます。その神田という人物に当たる価値は、あるかも知れません。ただ、困ったことがありましてね、死んだ高部悦子は新型コロナの抗原検査で陽性と出まして、目下ＰＣＲ検査の結果待ちなのです。我々としても濃厚接触者との対応には慎重に当たらなければならないのです」

「新型コロナ陽性だったんですか」

空木は、自分の顔が青ざめていくのがわかった。「俺はどうなる」という思いだ。

「死体発見者は、「たかべ」の板前ですが、保健所の職員が被害者を、ある接客店で発生した陽性者の濃厚接触者として追跡し、連絡をとろうとしていたところだったのです。それで死体発見とともに抗原検査をしたところ、陽性だったということです。先週の木曜から被害者と接触のある人は、要注意だそうです。空木さんは大丈夫ですか」

杉川は真面目な顔で言った。

代償

大月中央署で取り調べを受けていた下松は、家宅捜索で押収されたパソコンのデジタルフォレンジックにより、国崎に送られた森重勇作名での手紙の原文が見つかったこと。押収した下松の車のナビでの殺害当日の移動記録、加えて旧太陽薬品の株のインサイダー取引の件を聞かされると、一瞬驚き、そしてうなだれ、全てを自供し始めた。

十月十日土曜日、国崎を殺害した日、下松は自宅を七時二十分頃出ていた。当初七時五十分頃出発したと言っていたのは、ゴルフ場に到着した時間から逆算しての辻褄合わせをしたつもりだった。

中央高速を下りた後、コンビニに寄り、梨の木平に向かった。

雑木林に車を停めて、一週間前に新宿の山具店で購入しておいたザイルロープを持って、梨の木平に行き、崩れかかった休憩所の付近で国崎が来るのを待った。

国崎は、九時過ぎにやって来た。ベンチに座って握り飯を食べ終わった国崎の後ろから、ロープで首を絞めて殺し、崩れかけた休憩小屋へ運んだ。急いでロープを支柱に結わいてその場を離れ、車に戻ってゴルフ場に向かった、と供述し、横澤が見ていたことには全く気付かなかったと言った。

「何故、国崎を殺そうと思ったのか。株取引の口封じのためだったのか」

西島が、下松を睨みながら尋問を始めた。

「あいつは口が軽い。勢いでペラペラしゃべる。だから森重に株のことを掴まれ、旧太陽薬品の連中に調べられるようなことになった。その責任を取れ、森重の調査を止めさせろと指示したが、森重は死ななかった。死なないどころか、今度は、森重の父親と探偵とやらが、調べ始めてしまった。それを知った国崎は、隠し通す自信がないと言い出した。その時から国崎の口を封じるしかないと決めました。国崎を放っておくと、常務にとんでもない迷惑を掛けることになると思って、殺すしかないと」

そう言って下松は、両肘を机に立て、両手で頭を挟んで下を向いた。

「証券取引監視委員会が調べることだが、お前も国崎もインサイダー情報は、その常務から聞いたのか」

「いいえ、違います。『たかべ』の女将から聞いた情報です。死んだ高部悦子です」

下松は顔を上げた。

「高部悦子がその常務から聞いたという訳か」西島は独り言のように呟いた。

「梨の木平を殺害の場所に選んだのは何故だ。森重の父親に罪を着せようと思ったからなのか」

「あの場所は、ビッグムーンゴルフクラブに行く時に、何度も見ていて、人目が無いことを知っていました。森重の父親が山に登ることも国崎から聞いて知っていました。森重の父親の名前で呼び出せば、国崎は必ずあそこに来ると思ったから名前を使いました。名前を使うなら犯人に見せかけようと思ったことと、国崎が万が一父親に連絡をした時の用心のために、父親も呼び出しましたが、二人が顔を会わせないよう、会わせたら国崎は全部喋ってしまうだろうと思い、父親は扇山の山頂に十二時にしました」

「もう一つ聞くが、お前は、エイトノット結びは出来るのか」

「エイトノット結びは、子供の頃から結んでいますから結べます」

「国崎を殺害し、ロープを結んだ時もエイトノットで結んだのか」

「首も支柱にもエイトノットで結びました。それも私が犯人である証拠ということですか」

「その逆だったかも知れない。下松、お前が去った現場に誰かが来て、支柱に結んだロープを解いたようだ。何の為なのかは、今となってはわからない。お前はそいつを殺してしまったようだ」

西島の話を聞いた下松は、目を見開いた。

「横澤だ、横澤が自分の後に来た。何をしに来たのか…。俺を強請ってきた横澤が…」

「生きていればお前は、殺人未遂になったかも知れないが、それも今となっては無理だな」

「いや、国崎を殺したのは横澤だ。横澤に間違いない。横澤は、国崎に「あいつは金に汚い、能無しだ」と周りに言いふらされて、国崎を憎んでいた。刑事さん、国崎を殺したのは横澤だ」

西島は、眉間に皺を寄せて、組んだ拳を机の上に置いた。

「下松、お前は自分のしたことをよく判っていないようだ。全ては、お前が国崎を殺そうとしたことから始まった。いや、お前が森重裕之を職場で追い込んだことから始まったんだ。横澤が国崎を殺害した証拠は何もない。お前が、国崎の首を絞めたことは間違いないことなんだ」西島の口調は穏やかだった。

「森重を追い込んだというのは、一体何のことですか」

西島には、下松の言い方が白々しく聞こえ腹が立った。

「森重裕之が三ツ峠山で転落したのは何故なのか、お前は承知しているか」

「国崎がやった、事故に見せかけた転落の筈です。私ではありません」

西島は下松の顔を睨みながら、以前空木から渡された調査報告書に書かれていた下松の所業を思い返していた。

「森重の転落は、自殺未遂だったんだ。お前からの嫌がらせやお前との闘いに疲れ、追い込まれたんだ。自分のことしか考えられないお前には、他人への気遣いなんか出来ないし、弱い立場の人間の苦しさも理解できないだろう。そういうお前の所業を細かく調べ上げた人がいるんだ。お前は、それをインサイダー取引の調査と思い込んだようだな」

「……」下松は黙って床に目を落とした。

「お前は、餓鬼を知っているか。いつも腹を空かせている餓鬼には、見える物全てが食べる物に見えて食べようとするが、それを手に取ると消えてしまったり、火の玉になったりして、食べることが出来ない。いつまでも空腹が続くんだ。お前たちは、餓鬼だ。金、権力の欲に塗(まみ)れて他人のことはお構いなしで、その欲望を際限なく手に入れようとする。俺の物だ、お前の所為だと罵り合い、周りの気配に怯える。お前たちは餓鬼と一緒だ。餓鬼の心に染まった人間のすることは、善の心を持った人間には全てお見通しということだ」

世田谷西署に移送された下松は、赤松公園での横澤和文殺害の取調べを受けた。ここでも、現場に残された靴跡が、押収した下松の靴底と一致したこと、大森安志が犯行を目撃したことを告げられると全てを自供した。

横澤に、梨の木平で撮られた写真をネタに強請られた下松は、十月二十四日土曜日の夜、神楽坂の「たかべ」で、常務の神田を囲んで横澤、村内の四人で飲食した後、店の外で、封筒に入れた百万円を横澤に渡した。横澤はかなり酔っていたが、タクシーは使わなかった。経費で落ちないことはしない横澤らしかった。

そして横澤の後を付けて行き、公園に入って行ったところを、カバンに隠し持っていたナイロンロープで後ろから首を絞めた。時間は十時少し前だった。どの位絞めていたかわからないが、人が公園に入って来たのを見て、写真を撮られたスマホを奪って逃げた。ブランコ台にロープを結んで、自殺に見せかけようと思っていたが、時間がなく出来なかった。奪ったスマホは自宅近くの神田川に捨てたと供述した。

東急世田谷線松原駅の防犯カメラに写っていた、横澤と後を付けて行く下松の通過時刻が、殺害時刻と供述に合致し、既に自首していた大森安志の供述とも合致した。

赤松公園で十時に会う約束をしていた大森は、車の中から横澤の後ろを少し離れて歩いて行く下松を見て不審に思い、二人の様子を暗がりから窺っていた。様子がおかしい思い、ブランコ台の方に近付くと、下松が逃げ去り、倒れている横澤が残されていた。

横澤の首には、白いロープが巻かれていた。下松が殺ったのだと思いながら、横澤を見ていたら、体がピクリと動いたのを見て、思わず首に巻かれていたロープで首を絞めた、と大森は供述していた。

大森は妻が横澤にレイプされたことが、殺害の動機だったと供述していた。

大森の供述調書を読んだ、刑事課長の鈴木は、横澤の体が動いたのは、死亡直後の痙攣ではないかと思った。一度死んだ人間をもう一度死なせる罪が、どういう罪名なのか鈴木には思い浮かばなかったが、罪を犯してしまった夫を奥さんはどう思うか、大森の犯行動機から想像すると忍びなかった。

他方、飯田橋署の捜査本部は、ホープ製薬営業推進部の村内からの聞き取りで、高部悦子が殺害された十月二十四日の夜「たかべ」で常務の神田を囲んだ飲み会があったことを確認。

さらに帰宅する高部悦子と同じタクシーに神田が乗ったという証言を得て、該当するタクシー会社を当たり、飯田橋の高部悦子の住むマンションで降ろしたことを確認すると、神田を重要参考人として任意出頭を求めた。

ところが、神田は出頭してこなかった。いや、出頭できなくなっていた。高部悦子殺害の報道がされると神田は逃亡目的があったのか会社に出社せず、ホテルに連日滞在した。そして事件から四日後発熱を訴え、検査の結果新型コロナ陽性が確認され、隔離入院してしまった。

取調べに取り掛れない捜査本部は苛立ったが、刑事課長の杉川は、「神田がコロナに感染したのは、犯した罪への最初の罰、代償なのかも知れん」そう言って刑事たちを宥めた。

この後、神田は重症化し、飯田橋署での取り調べを受けたのは、およそ一か月後だった。

その間に、ホープ製薬は自らの調査を基に、証券取引等監視委員会に合併情報の漏洩によるインサイダー取引が行われた可能性があることを通報した。

監視委員会は、ホープ製薬の所轄である日本橋署と協力し、調査、捜査を開始し、高部悦子の旧太陽薬品の株の売買を確認するとともに、神田の銀行口座と殺害された高部悦子の銀行口座に多額の入出金を確認した。

また、下松、横澤、村内、国崎のインサイダー取引についても、各証券会社と各銀行への調査で、旧太陽薬品株の売買、それに伴う出入金が確認され、インサイダー取引の裏付けとされ、金融商品取引法違反で逮捕状が出された。その後国崎、横澤は被疑者死亡のまま起訴された。

下松と村内からの聴取によって、神田から「たかべ」の女将、高部悦子に合併情報が漏らされ、その高部悦子から下松たちに伝わった。

それを知った神田は、激怒し「この件は、他には絶対に漏らすな、絶対に話すな」と強く釘を刺されたことも供述した。

所轄の日本橋署は、神田と高部悦子の銀行口座の入出金日、取引株数、売買期日から推定して、神田は高部悦子名義で売買させるために、高部悦子の銀行口座に金を入れ、株を買わせた。そして、合併公表後に売らせたと推定した。

高部悦子の銀行口座には、何回かに渡って百万円単位の入金があり、株を売った直後の入金が最も多く、協力した手数料的な金と思われたが、以後の入金の理由はわからなかった。その経緯が、明らかになったのは、退院した神田の取調べでの供述だった。

店の資金繰りに厳しくなった高部悦子に金をせびられ、数回に渡って数百万円を振り込んだ。十月二十四日の夜もせびられ、それを断ると、会社にはインサイダー情報の漏洩を、家族には自分との関係を話すと脅された。無性に腹が立ち、絞め殺してしまった。

この自供と高部悦子のマンションの部屋から採取された毛髪のＤＮＡ鑑定も加わり、神田は飯田橋署からは殺人で、そして日本橋署からは金融商品取引法違反で逮捕された。

能(よ)く生きる

空木(うつぎ)は、リハビリを続けている森重裕之に会うために三鷹に向かっていた。

秋晴れの青空の下で、国分寺崖線の上から眺める富士山は、今日一日が最良の日であることを思わせるような絶景だった。

空木には大月中央署の西島から、事件が解決したという連絡とともに、国崎が三ツ峠山に登った理由も、下松が国崎を殺害した動機も、空木の推理通りだったと伝えられ、感謝の言葉も添えられた。

飯田橋署の刑事課長の鈴木からは、重要参考人として任意出頭を求めた神田は、新型コロナに感染発症して入院中であることが伝えられた。空木が、高部悦子殺害の犯人が神田であることを報道で知るのは、もう少し後のことだった。

ホープ製薬の菊田からは、空木から指示された高部悦子の旧太陽薬品株の売買調査の結果、合併公表前後の購入と売却が確認された。

このことから神田常務が、情報を漏洩した可能性が高いと判断し、星野常務の決断で日本橋警察と、証券取引等監視委員会に自ら通報したとの連絡があり、星野から空木への感謝の言葉が菊田を介して伝えられた。

空木は、星野の感謝とは会社の膿の根源を排除できるということなのか、それとも旧ホープ製薬との政争に勝ったということなのか考えさせられた。いずれにしてもホープ製薬が、旧太陽薬品、旧ホープ製薬の争いの無い、社員を第一に考える会社に再生して欲しいと願った。

今から会おうとしている森重裕之の転落事故に遭遇したことから始まった、一連の事件を振り返った空木は、大森安志のことが心残りだった。

探偵としての驕りではないが、あと一日早く、自分が大月中央警察署に行っていれば、大森は罪を犯さずに済んだのではないか、という思いだった。大森の妻子のことを思うと空木の胸は痛んだ。

大森の妻に、人間として許せない行為をした横澤、森重裕之を自殺未遂に追い込み、その森重を、国崎を使って殺そうとした下松、そして自己の利益に執着した神田、彼らは合併を境に人の心を失ってしまった。神田を中心とした「ＫＫＫ」という集まりは、強欲な人間集団を作り上げてしまった。

リハビリを終えた森重裕之は、車椅子を押す妻の由美子とともに、空木の待つ面談室に入って来た。空木が会いに来ると聞いて、由美子も同席したいと希望してのことだった。

「空木さん、わざわざ来ていただいてありがとうございます。テレビのニュースや、新聞で事件のことは承知していますが、菊田からも電話をもらいました。心配なのは大森のことです。菊田は、空木さんは事情をご存知で、大森を信じて家族を支えてやって欲しいと言われたと言っていましたが…」

裕之は悲しげな眼を空木に向けた。

「残念ながら、大森さんが罪を犯したことは間違いのないことですが、私が大森さんの立場だったら、罪を犯さずにいられただろうかと考えてしまいます。愛する人を守れなかった悔しさ、腹立たしさを抑えられただろうかと思うと自信はありません」

「愛する人…。奥さんに何かあったのですね」

空木は黙って頷いただけで、それ以上は話さなかった。

「…そうですか、私も菊田も大森を信じて、ご家族を出来る限り支えて行きます。私はこんな体ですが、心の支えになりたいと思います」

「森重さんのその思いは、大森さんに必ず伝わります。私もそれを聞いて安心しました」

「それにしても、こんな形でホープ製薬が生まれ変わることになるとは思いませんでした。これで事件は、全て解決したということですか」

「事件は近々に解決すると思いますが、私の仕事としては、お父さんの勇作さんと約束したことが、一つ果たせませんでした」

「親父との約束ですか」

「二人で下松に会いに行って、謝らせるという約束でしたが、難しくなりました」

「下松さんに会に行く…。私の為ですね。親父にも迷惑をかけました。ところで、国崎さんが、三ツ峠山にいた理由も明らかになったのですか」

「私も全てを知らされている訳ではないのでわかりませんが、国崎さんは、下松さんに命じられて登ったということですから、あなたを突き落とす目的もあり得たようです。あなたに旧太陽薬品株でのインサイダー取引を調べられていると思い込んだことが、動機になったということです」

「馬鹿な人たちだ。心にやましいことがあると、何でもないことが、全て自分を危うくするものに見えて来るのですね」

「その通りだと思います。誰かが言っていましたが、彼らは、金、権力に餓えた餓鬼で、しかも餓鬼同士の罵り合い、殺し合いもする輩だと。私もそう思います」

裕之は、横に居る由美子と目を合わせた。

「私を突き落とそうとした国崎さんが亡くなり、私がこうして生きている。あの山で空木さんに会っていなかったら、今の私はこの世にいなかったのですね」裕之は、由美子から空木に視線を移して言った。

「空木さんが、主人の登った山にいて下さったことは奇跡でした。転落した主人を見つけていただいただけでなく、病院まで付き添っていただき、本当にありがとうございました」

由美子が深々と頭をさげる姿に合わせて、裕之も「ありがとうございました」と言って頭を下げた。

「森重さんは、あと五メートル下に滑り落ちていたら、屛風岩の下に落ちて命はなかったでしょう。山荘の主人が奇跡だと言っていたぐらいですから、その命大事にしてください。二度と奥さん、子供さんを泣かせてはダメですよ。絶対に、絶対ですよ」

「能く生きる、ですね」そう言うと裕之は、空木の顔を見つめ大きく頷いた。裕之の目にも、由美子の目にも涙が溢れた。

その夜、平寿司には、高校の同級生で国分寺署の刑事の石山田の他、北海道からの友人で製薬会社の所長の小谷原、証券会社ＯＢの梅川、小説家の矢口夫妻の五人が、空木の仕事の成就を祝うかのように集まっていた。

「大月中央署の西島から聞いたよ。健ちゃん、お疲れさま」

石山田の労をねぎらう言葉を合図に皆がグラスを掲げた。

「石山田さんからさっき聞きましたよ。空木さんの推理のお陰で警察の捜査も大助かりだったと、感謝しているらしいですね。主人の次の推理小説に使わせていただきたいぐらいです」

矢口夫妻の奥さんはそう言って、作家で隣に座る夫に顔を向けた。

その夫は、「全くだ」と言って頷き、焼酎のロックを口に運んだ。

「うちの営業所の会澤の話は、空木さんの仕事の役に立ったんですか」小谷原が、ビールグラスを手に言った。

「杏雲大学の救急科の話は、大いに役立ちました。会澤さんにはお礼を言っておいてください」

会澤から聞いた情報から、偽名を使った人間は国崎だったことに辿り着いた。国崎は嶋村を恨み、その名前を偽名として使ったが、実在する名前だったことが、国崎という男まで辿り着けた要因だった。そんな事を思い出して空木はビールを空けた。

「このボトル梅川さんから、空木さんにお祝だそうです」そう言って、店員の坂井良子が芋焼酎のボトルを空木の前に置いた。

「えー、梅川さんにこんなことしてもらって良いんですか」

空木は椅子から立ち上がって、ボトルを梅川に掲げて見せた。

「年金生活者からの「貧者の一灯」です。飲んでください」梅川は眼鏡の奥の目を細めながら、ニコニコしながら言った。

「貧者の一灯、ですか。心のこもった大事なボトルですね。ありがたく頂戴します。ありがとうございます」

空木はボトルを掲げながら頭を下げた。

「空木さん、「貧者の一灯」ってどういう意味なんですか」水割りセットを持って来た坂井良子が聞いた。

「それはね「長者の万灯より貧者の一灯」と言って、お金持ちからのたくさんの貢ぎ物の価値に劣らず、貧しい人からの心のこもった貢ぎ物にはより価値があるという意味で、真心のこもった行いの尊さを例えた言葉なんだ。良い言葉だと思うな」

　空木は、良き友、良き仲間とともに過ごすこの時間に、この上ない喜びを感じている自分自身が嬉しかった。

「健ちゃん、良い時間に浸っているね。これも健ちゃんの好きな「能く生きる」ということなのか」石山田が、空木の焼酎ボトルで水割りを作りながら言った。

「その通りだよ。小さな喜びに幸せを感じて、明日からも精一杯生きて行く、「能く生きる」そのものだよ。巌ちゃんもそう思わないか」

　空木が嬉しそうにそう言った時、店の玄関の戸が開き、暖簾をくぐって一人の女性が入って来た。主人の「いらっしゃいませ」の声の後に、「美里ちゃん、いらっしゃい」と言う店員の坂井良子の声が追った。

「旦那さん、女将さん、山形の友達の大山美里ちゃんです」

　坂井良子が紹介する名前を聞いた空木は、一瞬で酔いが醒めた。

　聞き覚えのある名前に、スマホの電話番号リストで「大山美里」を探した。そして空木は、椅子から立ち上がって振り向いた。

「山形の大山美里さんですか。空木健介です。以前、怪しげな間違い電話をかけた男です。まさかここでお会いするとは思ってもみませんでした。その節は大変失礼しました」

突然の空木の挨拶に、大山美里は勿論、平寿司の全員が固まった。そして、空木の説明で知るアンビリーバブルな出来事に、全員が感嘆の声を上げ、この奇跡を再度の乾杯で祝った。

「いつ何時、何が起こるかわからないということだな、健ちゃん」嬉しそうに話す石山田の言葉に「だからこそ、日々能(よ)く生きなければならないということなんだと思う」と空木は答えた。

平寿司から帰る空木の酔った体に、晩秋の夜風が心地良かった。

了

殺意と絆の三ツ峠

二〇二一年九月二十日　初版第一刷発行

著　者　聖　岳郎
発行者　谷村勇輔
発行所　ブイツーソリューション
〒四六六・〇八四八
名古屋市昭和区長戸町四・四〇
電　話　〇五二・七九九・七三九一
ＦＡＸ　〇五二・七九九・七九八四
発売元　星雲社（共同出版社・流通責任出版社）
〒一一二・〇〇〇五
東京都文京区水道一・三・三〇
電　話　〇三・三八六八・三二七五
ＦＡＸ　〇三・三八六八・六五八八
印刷所　富士リプロ

ISBN978-4-434-29226-2